FIORI D'ARANCIO

SENZA PROFUMO

Gianfranco Bertolutti

Gianfranco Bertolutti
Pubblicazioni precedenti

L'Isola delle Onde nere
Azzurra e le sue vite a metà
Rosso cardinale

Personaggi:

Errico Franco Mastri - medico
Lucia Bedini - compagna di Mastri
Soledad/Anita - figlia adottiva del Mastri
Antonio Del Santo - carabiniere
Susanna Gennaro - carabiniera e compagna di Del Santo
Azzurra Della Porta - ragazza di René
Renato Ardisi detto René - pittore e musicista
Black - il cane di Lapo Fioravanti detto Kandinsky
Daniele Malatrasi - medico
Attilio Medici - portiere e ragiunatt
Antongiovanni Pellicanò - carabiniere colonnello
Luca Joseph Bernardeschi Leavemore - medico - Seal
Gemma Remedi Banti - compagna di Luca e mamma di Gianni
Virginia Paoli Lucifero - contessina
Il piccolo Gianni - figlio di Gemma e Luca
Stefano Ferretti - medico e elicotterista
Gualtiero Nesti - amico di René
Euridice Siniscalchi - fidanzata di Gualtiero
Leroy J.Matt - star della musica pop
Duccio Giani - meccanico e bestemmiatore
Gianni Serniesi detto Doc - veterinario radiato dall'Ordine
Harold Weinsten Brown Junior - Ceo Tractor Fund

*Ricardo Torres Benetti - alias Glauco Neri -
malavitoso*
Emilio Neri - fratello di Torres
Francesco Setti Vallerini - possidente
Matilde Setti Vallerini - ....
Ernestina - albergatrice
Venanzio Gargiulo - Astrofisico - ex carabiniere
Giacomo Salesi - fisico
Santos - Boia di Bogotà e capo dei Descargatores
Lapo Fioravanti detto Kandinsky - baro - oste - spia
Massimo Valente - venditore di aspirapolvere
Ermenegildo Braccialini - Vescovo
Papa Giulio V - Pontefice
Vinicio Paredes - Rosso Cardinale
Mirko Dragonir - capo campo rom
Giacomo Taddei - notaio
Vladimir Assek - sicario
Giulio Meli - agente immobiliare
Lucilla Loggia - giornalista
Sceriffo – papero di Azzurra
Mr. Timoty - riccio di Susanna e Antonio
Andrea Niccolò Salvetti - ammiraglio servizi segreti
Ginevra dai capelli verdi - cantante
Carlo Artina - amico di Frank
Cynthia Camdell - ex modella miss mondo

Capitolo 1

Mexico

Avrebbero iniziato senza Torres, tanto c'erano cose che potevano essere discusse in sua assenza ma bisognava fare in fretta, la presenza di Ricardo non era così gradita da quei tre, sapevano bene di che razza di bestia si trattasse e poco prima si erano augurati di riuscire a liquidare i loro affari ordinari alla svelta e prima del suo arrivo.

Una volta giunto avrebbero concluso tutto il dirimere con la massima urgenza, meno tempo avrebbero trascorso insieme a quell'uomo e meglio sarebbe stato per tutti.

Seduto a capotavola del grande tavolo di pero laccato, il dottor Rosamiro Benitez, primario della "Clinica Villa Rosada" aveva appena fatto cenno al Cardinale Vinicio Paredes di accomodarsi accanto a destra, subito dopo anche Harold Weinsten Brown Junior prese posto alla sua sinistra.

Bisognava fare in fretta e lo sapevano bene, quindi il primario decise di rompere ogni indugio:

«Prima dell'arrivo di Torres, come vi ho accennato per questa convocazione dobbiamo risolvere un piccolo problema che ritengo ci occuperà il giusto tempo a disposizione, si tratta di Pedro Solinas.

Ha inviato il suo braccio destro, lui ama definirlo il suo vicedirettore, ho la vaga sensazione che voglia chiedere un aumento delle sue provvigioni»

Harold lo interruppe subito:

«Rosamiro, stiamo parlando dello stesso Pedro Solinas?

Quello che cinque anni fa faceva il giardiniere girando con il suo motocarro sgangherato in cerca di siepi da potare?

Quello che adesso gira in Bentley e veste abiti di seta europei cuciti su misura per caso?»

Il medico:

«Esattamente Har.

Proprio lui!»

«E pensare che fui proprio io a raccomandarvelo, ci serviva una persona che raccogliesse i piccoli ospiti, che li portasse qui da noi, magari anche con genitori ed altri parenti al seguito e fu così che quella che sembrava una banale scommessa tra amici si è trasformata in realtà»

Il porporato decise di intervenire:

«L'idea delle piscine e degli acqua park è stata mia però, vi ricordate razza di miscredenti?

Fui io a suggerirne l'acquisto dei primi due e la costruzione degli altri tre, finanziandone in gran parte i costi, aggiungo.

Nel progetto iniziale, che poi grazie al cielo si è sviluppato come da mia lungimirante previsione, i bambini dei quartieri periferici e più poveri della regione sarebbero stati invitati a trascorrere un giorno gratis in uno dei nostri parchi giochi acquatici insieme ai genitori, fino a otto persone per volta.

Viaggio gratis, sia all'andata che al ritorno mediante il rimborso del costo dei biglietti di viaggio, dopo di che dalla mattina fino al tramonto sarebbero stati ospiti di uno dei nostri acqua park, con colazione, pranzo e cena inclusi.

Se ne sarebbero tornati nelle loro misere topaie di periferia con una banconota da dieci dollari, oltre ad un invito per la settimana successiva, valido per sei persone e alle stesse condizioni, non prima di aver ascoltato per bene il "discorsetto" di Pedro Solinas.

Così potrete far visitare i vostri figli e se vorrete anche voi stessi e senza alcun costo dai migliori specialisti del Messico.

Il tutto accadrà in pochi minuti, i nostri shuttle vi condurranno con la loro fresca aria condizionata agli ambulatori e le visite saranno effettuate in non più di un'ora per ogni gruppo familiare, per poi riportarvi alle piscine dove continuerete a divertirvi»

Har stava sogghignando malefico:

«Devo dire che è stata davvero un'idea brillante, lo devo proprio riconoscere, nel giro di qualche mese la clinica avrebbe effettuato prima centinaia, poi migliaia di visite a figli, genitori o parenti o amici arrivati famelici dalla periferia, chi se lo poteva immaginare?

Viaggio, colazione, pranzo, cena, visita medica gratuita e dieci dollari in regalo.

Quale pezzente avrebbe potuto rinunciare ad un'occasione del genere? Oggi possiamo contare su cinque strutture acqua park e su migliaia di frequenze turistiche, possiamo addirittura contare sul contributo del governo messicano che ha pensato bene di finanziare in parte l'iniziativa e siamo stati addirittura costretti a raddoppiare questa clinica, un business eccellente»

Il primario riprese a parlare:

«Vero è che gran parte del merito è dell'ex giardiniere

Pedro Solinas, altrettanto vero è che le sue pretese cominciano a figurare un tantino esose.

All'inizio si accontentava di un dollaro a paziente visitato, poi ha preteso di più, rivendicando royalties sui ricoveri e sugli espianti di organi, lo scorso anno abbiamo raddoppiato i suoi compensi e oggi siamo di nuovo qui a parlarne, stavolta con il suo Vice Direttore»

Il Cardinale prese a parlare risentito:

«L'avidità è una brutta bestia cari amici, se non c'è modo di mitigarla, essa deve essere annientata»

Harold ora era infuriato:

«Che cazzo stai dicendo tromba suore!

Quello sa tutto, lo sai no?

Cosa dovremmo fare secondo te? Farlo fuori per caso?

E dopo chi si interesserà di tutto quanto?

Ti sei completamente rincoglionito per caso?

Io dico che dobbiamo cercare di accontentarlo, tra

qualche mese poi si vedrà!»

Una discinta segretaria in tailleur blu dalle gambe lunghissime entrò nella stanza, dopo aver bussato, rivolgendosi al primario:

«Qui fuori sta aspettando Hernando Artillez, posso farlo entrare?»

Il cenno del medico fu sufficiente e l'uomo fu annunciato:

«Il Dottor Hernando Artillez, vicedirettore di Pedro Solinas»

Il nuovo entrato nella stanza pareva un tipo deciso, strinse la mano vigorosamente ai tre e senza perdersi in convenevoli si sistemò sicuro dall'altra parte del tavolo, distante e a capotavola rispetto agli altri.

«Cercherò di essere sintetico signori, così come mi ha raccomandato il mio capo, il Dottor Solinas»

Gli altri tre lo stavano fissando con sguardo quasi assente, il giardiniere era diventato Dottore e Direttore, il suo manovale Dottore e Vicedirettore, che belle quanto fulminee carriere!

Artillez continuò:

«Questi sono i resoconti dei compensi liquidati negli ultimi tre anni signori, come potete vedere i numeri sono sempre tutti in vertiginosa crescita rispetto all'anno precedente, non alludo ai compensi ma bensì alle visite mediche e agli esiti raggiunti come organi espiantati e venduti.

È soltanto per questo che il mio Direttore ritiene che le provvigioni relative all'anno in corso dovranno essere aumentate quantomeno del cento per cento.

Vi lascio qualche minuto per deliberare, nel frattempo andrò a prendermi un meritato caffè in compagnia della sua bellissima segretaria Professor Benitez»

Nel lasciare la stanza lasciò tre fogli, che si raccomandò di trovare firmati al suo ritorno, uno per ciascuno dai tre interlocutori e badò bene di non sorridere.

Harold Weinsten Junior era su tutte le furie.

«Ma con chi cazzo si crede di parlare quell'arrogante imbecille manovale merdoso strafottente?»

Il Cardinale Paredes si limitò ad accartocciare il foglio con le mani, mentre il primario si era tolto gli occhiali e si massaggiava le tempie preoccupato:

«Pare che non ci resti altra via che accettare l'ennesimo ricatto cari amici»

«Di che cazzo di ricatto state parlando razza di disonesti?»

Torres aveva appena fatto irruzione nella sala, indossava un completo di lino rosa chiaro, camicia e scarpe bianche e sembrava di buon umore.

Afferrò il foglio, sfilandolo dalle mani di Harold che decise di non guardarlo negli occhi e lesse ad alta voce.

«Quanti numeri, vediamo: due anni fa, lo scorso anno, visite, missioni, esiti, compensi royalties, ah ecco qua, raddoppio degli importi per l'anno corrente.

Che ne dite voi tre?»

Il primario sapeva che non avrebbe dovuto proferire parola alcuna, ma decise di farlo, se non altro per sbrogliare al più presto la matassa, la clinica lo invocava e non aveva ancora troppo tempo da dedicare a quella riunione:

«Solinas ci sta ricattando Torres, questo almeno è quello che penso.

Ricardo Torres aveva terminato il quinto giro intorno al tavolo, si era passato spesso la mano destra tra i capelli, immerso nei suoi pensieri, stava giocherellando con un tagliacarte dall'impugnatura di cuoio rosso raccolto sul tavolo, impugnato per la lama e passeggiando per la stanza bacchettò poco affettuosamente con il manico ciascuno dei suoi soci alla nuca, la prima quella di Har, poi toccò al porporato e infine al primario.

Naturalmente nessuno di loro osò accennare una benché minima reazione.

Il sedicente Dottore Hernando Artillez era appena

20

rientrato nella stanza e senza salutare il nuovo arrivato riprese il suo posto:

«A differenza della sua segretaria dal culo sodo devo sottolineare l'indecenza del caffè che servite in questa clinica, allora, cosa devo riferire al mio Direttore, il Dottor Solinas?»

Torres non esitò un secondo:

«Avremo trovato un accordo che penso soddisferà tutti, vorrei però che il buon Pedro Solinas fosse presente alla delibera, le spiace contattarlo con una videochiamata signor Vicedirettore Dottor Hernando Artillez?

Viceversa, ne riparleremo tra sei mesi»

L'uomo fu preso in contropiede e gli altri se ne accorsero.

Compose il numero e subito dopo il suo cellulare s'illuminò con al centro il volto del suo venerato direttore.

«Eccomi Vicedirettore, que pasa?»

Ardillez rispose radioso:

«Devono deliberare e vogliono che tu sia presente Pedro, per quello ti ho chiamato, aspetta che metto il telefono in modo che tu possa vedere meglio.

Quindi sistemò per bene il cellulare davanti a lui, in modo che fosse ben visibile e in buona luce.

Torres gli stava alle spalle e si chinò fino alla spalla del Vicedirettore visibilmente soddisfatto, fino a farsi inquadrare dall'altro:

«Ciao Pedro, todo bien?»

«Todo bienTorres!

Allora, avete accettato la mia offerta?»

«Abbiamo le idee molto chiare al riguardo Direttore Solinas, molto chiare.

Per questo volevo che tu fossi presente alla delibera, adesso guarda bene!»

La lama del tagliacarte aveva appena attraversato il mento di Ardillez, dal basso verso l'alto, mentre il braccio destro di Torres lo teneva stretto in una morsa d'acciaio.

Inesorabile, la lama tagliò.

«Ora ascoltami bene figlio di troia: vieni subito qui e cerca di farlo immediatamente perché mi devi baciare il culo se non vuoi che ti bruci vivo!

Sono stato chiaro giardiniere merdoso?»

Dall'altra parte la risposta arrivò dopo un attimo di esitazione.

«Dieci minuti e sono lì.

Per il compenso va bene quello dell'anno passato Torres.

Sto arrivando»

Capitolo 2

Oggi Sposi - ore 10,15

La separazione era avvenuta sin dal primo mattino e si sarebbe protratta sino al tardo pomeriggio inoltrato.

A nulla valsero le imprecazioni di Del Santo, le eleganti eccezioni del Professor Mastri, le umili suppliche di Luca.

Le donne quel giorno sarebbero state troppo occupate con Azzurra, non c'era davvero tempo per i rispettivi compagni. Ciascuno dei maschietti aveva notato, all'interno della camera dove si erano svegliati, un biglietto appoggiato sul cuscino deserto:

«Non mi cercare fino a stasera, ho troppe cose da sbrigare, nell'armadio il tuo vestito per la cerimonia, vedi di farti trovare pronto per le diciannove, a dopo amore mio»

I tre uomini stavano leggendo l'un l'altro il proprio identico messaggio sorseggiando caffè al piano terra presso il piccolo bar dell'hotel, non appena René li raggiunse con un foglio ripiegato in mano, determinato nel leggerne il contenuto, i grandi decisero di fingersi interessati alla cosa.

Appena finito di leggere René aggiunse preoccupato:

«Non riesco a capire, non è che per caso Azzurra ci ha ripensato vero? Cosa ne pensate?»

Mastri padre passò una mano intorno alla spalla del suo giovanotto, invitandolo a prendersi quel primo caffè:

«Tranquillo René, non è come la pensi, le donne si sono semplicemente coalizzate a nostra insaputa per occuparsi dei preparativi»

Il Tenente Del Santo si fece largo tra i due:

«Hai guardato per bene all'interno dell'armadio René? Se sì, cos'hai trovato?»

Il ragazzo aveva appena finito il caffè espresso:

«L'abito completo da sposo, con la raccomandazione di farmi trovare pronto entro le diciannove»

Gli altri non riuscirono a nascondere un sorriso, Azzurra era partita proprio bene, in anticipo addirittura, rispetto alle altre già navigate.

A del Santo scappò un commento:

«Le donne ...»

Era tempo di mettersi al lavoro, Luca e O'Connor sarebbero stati impegnati nel pianificare l'organizzazione all'esterno, Del Santo e Mastri si sarebbero occupati di coordinare i singoli eventi, Francesco, Giulio e René avrebbero avuto da fare con l'allestimento del palco e degli impianti, Attilio, Malatrasi e il Valente avrebbero dato una mano all'Ernestina per pranzo, aperitivo e cena, il dottor Ferretti aveva già raggiunto Kandinsky insieme a Gargiulo, Doc e Duccio per pianificare tutto quanto il resto.

Tre elicotteri militari stavano sbarcando altro materiale e uomini, mentre altrettanti tre, ma civili, due della flotta aerea della Remedi & Banti Industries e uno dell'elisoccorso Ferretti S.p.A. erano appena atterrati con all'interno altri ospiti, il Colonnello Pellicanò e il capitano Arindi con rispettive consorti, furono subito accolti e Del Santo si fece loro incontro, ma altri due passeggeri si stavano dirigendo verso la hall.

Si trattava di una donna anziana incerta nell'incedere, sorretta da un marcantonio che la sorreggeva per il braccio destro, mentre la sua mano sinistra impugnava quella che sembrava la custodia di uno strumento musicale.

Il professor Mastri invitò René a seguirlo, non prima di aver messo al corrente Luca Bernardeschi riguardo l'identità dei due:

«Mi sono avvalso della preziosa consulenza del dottor Massimo Valente e sono riuscito a rintracciarli, si tratta della signora Ines, la zia di Azzurra, vi ricordate? L'altro che la sta accompagnando è il fratello, tuo futuro cognato René.

27

Resti tra noi, visto che la sposa non sa niente, si tratta di una sorpresa»

Al ragazzo veniva quasi da piangere:

«Sei proprio una persona speciale pa', per Azzurra sarà un regalo bellissimo, vieni, andiamo ad accoglierli insieme»

Altri due elicotteri della Remedi & Banti Industries stavano atterrando in quel preciso istante, una ragazza dai capelli verde Stabilo stava correndo verso l'hotel, precedendo gli altri della band, altri sei soggetti, assai più lenti nel procedere erano intenti nello scaricare dalla stiva le custodie dei propri strumenti musicali.

Gemma non aveva badato a spese, la star americana della musica pop internazionale Leroy J. Matt e la sua orchestra era stato ingaggiato appositamente per quella singola serata.

René con gli occhi fuori dalle orbite fu colto da una lieve quanto intensa tachicardia dopo averlo riconosciuto, ma prima avrebbe dovuto occuparsi di zia Ines e del fratello di Azzurra, Massimo Della Porta.

Luca Bernardeschi e O'Connor si presentarono al cantante, raggiungendolo durante il tragitto e lo pregarono di apporre un autografo sulle loro mimetiche, un'altra ventina di marines fecero altrettanto.

A zia Ines e al fratello di Azzurra sarebbe stato servito il pranzo in camera, visto che si doveva osservare il massimo riserbo rispetto alla loro presenza

Tutti gli altri avrebbero approfittato di un hamburger alla mensa dei marines, Leroy J. Matt incluso, umilmente entusiasta.

Le donne erano assenti, per voce dell'Ernestina:

«Dovete sapere che la signora Gemma è molto amica della contessina Virginia Paoli Lucifero.

Pare che siano state amiche di stanza nello stesso collegio in Svizzera, una di quelle scuole per gente molto ricca, insomma, la famiglia della contessa è proprietaria della Villa Pampieri, denominata Reggia della Lucertola, è quella lassù, vedete?

Veramente è più un castello che una villa, i genitori di Virginia venivano all'isola tutti gli anni e ogni tanto riuscivano a sfuggire alla scorta per venire qui da me per assaggiare i miei spaghetti alle arselle, poi però puntualmente venivano scoperti e invitati a ritornare in Villa, che brave e belle persone che erano.

Da qualche anno non vengono più purtroppo, ogni tanto si fa viva la figlia, la contessina Virginia, appunto.

Mi porta sempre un mazzo di fiori, di rose gialle per la precisione, se ne sta alla Reggia della Lucertola un paio di notti e poi se ne ritorna in Svizzera. Mi ha detto Gemma che le ha messo a disposizione la villa per occuparsi dei preparativi riguardo alla sposa, tanto là dentro c'è di tutto, centro estetico, tre piscine a temperature variabili, sauna, palestra e addirittura una vasca termale proprio sotto il castello dove pare ci sia una sorgente di acqua calda che viene da sottoterra, dal fondo del mare insomma, di colore verde.

Pare sia quello il motivo del nome della villa, quell'acqua è dello stesso colore delle lucertole.

Verde smeraldo.

Due anni fa voleva comprarsela un ricco arabo e non so quanti soldi furono offerti alla contessina Virginia, ma lei rifiutò decisa.

Troppi ricordi la legavano a quella casa mi disse.

Quindi state tranquilli perché le vostre donne sono in buone mani, hanno fatto arrivare il personale necessario da Milano, truccatori, sarti, parrucchieri, estetiste oltre a uno staff di un catering internazionale che avrebbe pensato a cibo e bevande e cos'altro ancora non so.

So per certo che stasera ci sarà anche Virginia, così vedrete quanto è bella cavoli, ha due occhi grigi che ti guardano dentro.

Ora dovete andare però, altrimenti salterete il pranzo,

io me ne torno in cucina»

Gli uomini si guardarono l'un l'altro senza pronunciare mezza sillaba, mentre si incamminavano verso la mensa militare.

Del Santo ruppe gli indugi a metà percorso:

«Vi rendete conto?

Noi siamo qui a farci il culo e loro se ne stanno tranquille nel castello del Principe di Cenerentola a farsi belle, con tutta quella gente intorno poi, ecco perché Susanna non mi ha risposto al telefono!»

Luca stava sorridendo:

«Quante telefonate le hai già fatto Tenente?»

«Tre in tutto, perché?»

Il Mastri lo incalzò:

«Ripeto io la domanda.

Quante telefonate Antonio?»

«Va bene! Cinque in tutto! Contenti?»

Ora era la volta di René:

«Sicuro zio?»

«Otto maledizione!

Da stamattina subito dopo il biglietto! E tutte senza risposta.

Cazzo!»

Ora ridevano tutti quanti, il dottor Ferretti lo aveva sollevato di peso come si trattasse di un fuscello e il Tenente non fece resistenza, anzi, si sistemò seduto sulle spalle del medico elicotterista impartendo ordini:

«Lasciamo perdere le donne, andiamo a mangiare Ferretti, rotta verso la mensa che ci sono ancora un casino di cose da fare»

René non gli dette il tempo di terminare e questa volta fu lui a sentenziare:

«Cazzo!»

Capitolo 3

Oggi Sposi - ore 11,00

L'ascensore aveva condotto le cinque donne quarantadue metri al di sotto della Reggia della Lucertola, la generosa caverna illuminata da piccoli led invisibili ospitava, al centro, una vasca circolare dai bordi di nera ardesia.

L'acqua era di un verde splendente e tiepida al punto giusto, si liberarono degli accappatoi e una dopo l'altra si immersero completamente nude, sedute su di una comoda panca sommersa, ricavata e scolpita nella medesima roccia.

L'acqua verde lambiva loro le spalle e quando fu azionato l'idromassaggio in modalità soft le sensazioni si fecero assai più che piacevoli.

Due ragazze in perfetta livrea sbarcarono dall'ascensore subito dopo, reggevano ciascuna un vassoio, la prima posò il proprio su di un piccolo tavolo vicino alle donne, una volta rimossa la leggera, quanto voluminosa, cloche che lo ricopriva, gli invitanti bocconcini di sushi salutarono tutte, la seconda fece altrettanto, posando il proprio plateau svelando frutta mista a crudités di pesce, una terza cameriera agile e silenziosa stava sistemando calici di cristallo di prosecco millesimato versato a metà dose, lasciando due bottiglie aperte in altrettanti sua Glass, dopo averle sprofondate per bene con un mezzo ed efficace giro nel ghiaccio contenuto all'interno.

Prima di andarsene le tre inservienti accesero tutt'intorno alla vasca delle candele profumate e soltanto quando abbandonarono la caverna per fare ritorno ai piani superiori, le luci si spensero.

L'atmosfera aveva qualcosa di veramente paradisiaco e Susanna decise di interrompere la meraviglia:

«Che ne dite se partorisco adesso?

Vi confesso che la tentazione è tanta»

Lucia sorrise, mentre Gemma dopo aver preso un

sorso di prosecco rispose serena:

«Come ti capisco Susanna, ma ti prego: non è che puoi aspettare qualche giorno per caso?»

Azzurra sembrava la più felice di tutte:

«Se dovessi rimandare il mio matrimonio a causa del tuo parto lo farei senza la minima esitazione Susanna, quindi accomodati pure»

La carabiniera afferrò la bionda per mano:

«Tranquilla Azzurra, penso non sia ancora il momento, se non sbaglio mancano ancora una decina di giorni»

Virginia intervenne nella conversazione:

«Siamo-vicine allora!

Attenta però, che domani cambia la luna, quindi tutto è possibile.

Sapete già di che sesso è Susanna?»

«Abbiamo preferito non saperlo ma il mio Antonio è sicuro che sia femmina»

Lucia stava porgendo alle altre il calice di bollicine, a

Susanna invece toccò il suo solito succo di frutta alla pera:

«Per me il tuo Tenente sta soltanto esorcizzando il suo terrore, ci pensi a lui da solo con due femmine?

Ritengo che sotto sotto gradirebbe di più un piccolo maschietto, futuro carabiniere e tifoso del Catania, come il padre aggiungo»

Azzurra aveva appena assaggiato un bocconcino di sushi, per poi rivolgersi seria alle altre.

«Bimbe, abbiamo un problema!»

Virginia la incalzò quasi preoccupata:

«A cosa alludi Azzurra?

Non ti senti bene forse?»

«Sto bene Virginia!

Il millesimato è squisito e il sushi da capogiro, il problema è che non ho con me la mia catenina, penso di averla lasciata in hotel.

Anzi ne sono proprio sicura»

Gemma intervenne seria:

«*Quella* catenina Azzurra?

Il dono del Santo Padre?»

«Proprio così Gemma.

Stanotte ho pensato bene di togliermela di dosso, temevo si potesse strappare mentre ero a letto»

Le altre quattro si guardarono maliziose negli occhi sorridenti, Lucia fu la prima a parlare:

«C'erano grandi manovre in corso stanotte Azzurra?»

Mentre la bionda annuiva , arrossendo, le altre presero a schizzarle dell'acqua verde addosso.

Virginia lasciò la vasca e una volta in piedi, completamente nuda e bella come la Venere di Milo:

«Vado a recuperarla io!

Tanto non mi conosce nessuno, mi farò accompagnare alla camera dall'Ernestina prima di essermi assicurata dell'assenza del tuo René, sarò di nuovo qui tra un'ora circa, siete tutte d'accordo?»

Gemma la rassicurò afferrandole gentile la caviglia.

«Ti aspettiamo Virginia, con cosa vai?»

«Vado via mare, userò la moto d'acqua, poi attraccherò al piccolo pontile appena al di sotto di Villa Giulia e recupero il gioiello, tra non molto sarò di nuovo qui con voi, ok?»

«Vuoi che una di noi ti accompagni Virginia?»

Lucia sembrava insistere.

«Figurati!

Lo sai quante volte me la sono svignata da sola con la moto d'acqua di nascosto dai miei?»

«Io lo so!»

Le rispose sorridente l'amica Gemma.

Intanto Francesco Setti Vallerini si era appena divorato qualche chilometro di scogliera a picco sul mare, correva da solo, doveva smaltire un po' di tensione, si disse tra sé.

Avrebbe mangiato qualcosa più tardi, prima però doveva soltanto sfogarsi per bene.

Alcuni minuti prima aveva doppiato la Torre di San Rocco per fare ritorno all'hotel. ripercorrendo a ritroso lo stesso sentiero dell'andata, sul crinale di ardesia a strapiombo sopra quel mare immobile come piombo fuso.

Decise di fermarsi qualche secondo per fotografare con gli occhi le forme disegnate dalle nuvole bianche che si spostavano velocemente per tutto quel bel cielo azzurro.

Si era sciolto i capelli per sentirsi semmai ancora più libero, indossava una canottiera nera aderente e un paio di boxer del medesimo colore ma scoloriti e ormai più grigi che scuri.

Un ronzio lontano proveniente dal basso aveva interrotto quel bel silenzio, guardando all'ingiù, verso il mare, riuscì a mettere a fuoco una moto d'acqua che a tutta velocità costeggiava la riva sottostante, irta di scogli appena affioranti.

Chiunque fosse alla guida di quel mezzo doveva conoscere molto bene quelle acque pensò, visto che riusciva a schivare gli scogli appuntiti appena affioranti con virate veloci e precise.

Era piacevole vedere quella specie di insetto dispettoso che sfidava potente e sapiente il mare, tanto che gli scappò una specie di sorriso compiaciuto.

Un giorno di questi avrebbe voluto provare la stessa emozione, realizzò.

Quello che non era riuscito a fare uno scoglio in agguato, fu un tronco galleggiante impossibile da vedere né tantomeno prevedere, non almeno a quella velocità.

Lo schianto aveva provocato un rumore secco e devastante, ferro contro legno e in mare.

La moto d'acqua era stata frenata all'improvviso e la sua parte posteriore si era alzata di scatto a causa dell'urto che l'aveva frenata all'istante, il pilota era stato scagliato a qualche metro di distanza, catapultato in avanti, il corpo era vincolato alla moto attraverso una fune di emergenza, che di solito viene assicurata alla caviglia, per impedire il distanziamento dal mezzo, così ben legata però aveva provocato l'effetto di un elastico.

Una volta arrivata alla completa tensione, infatti, il corpo del centauro marino era stato respinto all'indietro volando per aria come un colpo di frusta, per poi precipitare finalmente e scomposto come una marionetta in acqua.

La moto si era disincastrata dal tronco e stava miseramente affondando, portandosi dietro attraverso il cavo di sicurezza il suo conducente che stava annaspando nel cercare di liberarsi dal fastidioso laccio, ora la testa stava emergendo di nuovo dall'acqua per tentare di rifornirsi di ossigeno per poi sprofondare di nuovo sotto.

Francesco decise di saltare.

Il conducente stava annegando ma era riuscito faticosamente a riemergere per la terza e forse ultima volta, prima di arrendersi al volere del mare o di Dio, per poi inabissarsi di nuovo.

Quando Virginia prese a riempirsi di nuovo i polmoni con più aria che potessero contenere volse lo sguardo all'insù, quanto le bastò per intercettare con lo sguardo il volo di un angelo a braccia aperte che poi riunì prima di immergersi precipitato accanto a lei veloce come un fulmine.

Ora era stata trascinata sott'acqua già di qualche metro, le orecchie cominciavano a fischiare e le sembrava di stare per perdere i sensi ma non si sarebbe mai lasciata andare, cocciuta com'era.

Non era quello il suo giorno.

Assolutamente no.

Francesco, la liberò dal cavo di sicurezza e la afferrò per un polso, riportandola con sé in superficie.

«Tutto bene?»

«Credo di sì»

Rispose la donna.

«Niente di rotto? Sei sicura?»

«Sto bene, grazie, solo un po' spaventata»

«Aggrappati a me, ti riporto a riva, ci sei?»

«Ci sono»

Capitolo 4

Oggi Sposi - ore 12,00

Le altre non vedevano l'ora di saperne di più su loro due, Gemma Remedi Banti e la contessina Virginia Paoli Lucifero, di come avessero condiviso insieme l'adolescenza nella stessa camera di quel collegio svizzero e di tante altre cose ancora.

Erano più che amiche, anzi qualcosa tipo sorelle.

Non avevano soltanto in comune il fatto di essere figlie uniche quattordicenni di famiglie molto ricche, c'era anche altro, tanto altro.

Erano entrambe matte e pronte a tutto, così come quando riuscivano a scappare di notte dal collegio per andarsene in giro dove capitava.

Tra le due non c'era competizione, tutt'altro, era più la complicità che le teneva unite insieme come si trattasse di una sola unica cosa.

Virginia non concluse gli studi presso il collegio.

Alla vigilia degli esami del quinto anno fu messa al corrente dell'incidente aereo in cui erano rimasti coinvolti i suoi genitori, da allora si sarebbe dovuta occupare lei di tutto e non fu per niente facile, tanto che spesso Gemma accorreva premurosa in suo aiuto.

Era stata proiettata troppo giovane e troppo in fretta in quella realtà fatta di denaro, interessi, aziende, adulatori, ruffiani e approfittatori.

Dopo qualche inevitabile fregatura riuscì a farsi le ossa, ma ci vollero anni e in tutto quel tempo era riuscita a cucirsi pazientemente addosso una formidabile corazza, fatta di piccoli strati sovrapposti.

Aveva avuto tre storie sentimentali importanti che la trascinarono in una delusione immensa.

Il primo fidanzato, rampollo di una nobile famiglia gallese fu colto sul fatto mentre si coccolava il maggiordomo nella sua residenza nel Sussex, erano entrambi nudi e Virginia non doveva essere proprio lì, in quel posto, ma purtroppo alle volte i contrattempi,

46

come un volo disdetto, possono giocare brutti scherzi.

Si sarebbero dovuti sposare appena dopo due settimane.

Il secondo riuscì a farla stare peggio, il bellissimo greco dai capelli corvini e gli occhi di ghiaccio non era affatto figlio di una famiglia di importanti e facoltosi armatori ellenici, quelli erano stati dichiarati falliti un anno prima e lei rappresentava l'unica chance di quella famiglia per poter ritrovare rango e ricchezza.

La batosta finale arrivò con la sua terza esperienza, un playboy canadese ricoverato d'urgenza per overdose durante un'orgia collettiva.

Così oggi Virginia aveva la sua bella corazza.

Non frequentando nessuno in particolare, la sua vita sarebbe stata fatta unicamente di aziende e progetti imprenditoriali, tanto che in due società erano divenute socie, lei e Gemma Remedi Banti.

Si sentivano spesso e si vedevano poco, quando

Gemma chiese a Virginia la disponibilità della Reggia della Lucertola, l'amica aderì subito entusiasta, e anzi precipitandosi immediatamente dalla sua unica e vera sorella.

Ora Virginia era diventata così diffidente nei confronti dell'universo maschile che spesso preferiva celare la sua vera identità, tanto era ossessionata dalle sue esperienze precedenti.

Le altre, Lucia, Susanna e Azzurra avevano ascoltato attente e la storia apparì a tutte un po' triste, Virginia era bella, vincente, carismatica e gentile, e mai avrebbero pensato che avesse subito tante delusioni così cocenti ed erano dispiaciute per la mancanza di un autentico rapporto affettivo.

«Eccomi qua!»

La contessina si era appena immersa di nuovo nella vasca di acqua verde smeraldo e mentre era intenta ad allacciare la catenina vaticana al collo di Azzurra stava parlando a ruota libera:

«Devo assolutamente raccontarvi di cosa mi è successo bimbe!»

Sospirò enfaticamente.

«Vi giuro che stavo per morire affogata, ma poi è sceso un angelo dal cielo, una specie di Dio del Mare che mi ha salvato da morte sicura.

Una cosa da non credere»

Gemma le porse un calice di prosecco:

«Siamo tutt'orecchi cara, vuoi metterci al corrente o ti dobbiamo torturare magari?»

Virginia raccontò l'accaduto alle altre che pendevano dalle sue labbra in modo assai più che evidente.

L'incidente, l'urto, il pericolo di annegamento, e poi quell'angelo piovuto dalla scogliera con un tuffo da almeno trenta metri d'altezza e che poi era anche bello da morire, proprio come un vero Dio del Mare, di una gentilezza fuori dal comune e con due occhi verdi come l'acqua che la circondava in quel preciso istante.

Quel suo fisico statuario e i lunghi capelli castano

biondi poi non potevano essere stati descritti meglio.

Lucia, Gemma, Susanna e Azzurra, una dopo l'altra sarebbero giunte alla stessa conclusione a tempo di record.

Quell'angelo aveva un nome e un cognome:

- Francesco Setti Vallerini -

Gli sguardi delle altre si incrociarono e nessuna delle quattro riuscirono a non sorridere e più si guardavano più ridevano e adesso anche rumorosamente.

La contessina dapprima pensò che la stessero prendendo in giro, come se non avessero voluto credere a quel suo meraviglioso incontro fortuito quanto miracoloso, poi si decise a chiedere a Gemma del perché di tutte quelle risa.

La dottoressa Gemma Remedi Banti volle infierire un po' nei confronti dell'amica:

«Come vi siete salutati Virginia?»

«Ho detto di chiamarmi Gianna, una turista imbarcata su uno yacht alla fonda in porto, quell'uomo poteva essere un pescatore qualsiasi, non me la sono sentita di dire chi veramente ero, lo sai come la penso Gemma»

Lucia la incalzò a sua volta;

«E lui ti ha mica detto come si chiama per caso?»

«Non ha mai parlato per tutto il tragitto.

Mi ha accompagnato all'hotel per poi salutarmi, mi ha soltanto detto che aveva da fare per l'istallazione di un palcoscenico, di quelli da concerto.

Sicuramente non è altro che uno dei tanti operai che si arrampicano sulle strutture fino lassù.

Oggi qua, domani là …

Quando se ne è andato mi ha detto che avrei potuto usare la moto di un suo amico, una Kawasaki settecento, mi ha chiesto se la sapevo guidare e ho risposto di sì, quindi ha frugato dietro il bar della hall come se fosse a casa sua e una volta trovate le chiavi me le ha lanciate, io le ho afferrate al volo ed eccomi qui»

51

Azzurra non poteva non intervenire:

«Quindi sei arrivata con la moto del mio René, Virginia»

La contessina sembrava proprio non capire.

Susanna intervenne a sua volta:

«Ti voglio dare un indizio Virginia: quell'uomo non è affatto un pescatore, proprio come tu non ti chiami affatto Gianna»

Poi fu la volta di Azzurra:

«Non è neanche un operaio mia cara, credimi»

Gemma non si fece attendere:

«Quell'angelo che ti ha salvato, Virginia, ha un nome e un cognome che noi conosciamo bene, visto che si tratta di un nostro carissimo amico»

La contessina fece un gesto con la mano mimando un alt alle quattro, si versò un generoso altro calice di prosecco millesimato che si scolò tutto d'un fiato.

Appena ebbe finito chiuse gli occhi stretti stretti all'insegna di Gemma.

Voleva che fosse finalmente proprio lei a svelare l'arcano.

L'esito fu immediato.

«Si tratta di Francesco Setti Vallerini, Virginia, unico titolare del colosso farmaceutico WPI - World Pharma International – Incorporation.

Con filiali in tutti e cinque i continenti aggiungo»

Sia Lucia che Azzurra e Susanna presero a parlare a turno, come se recitassero un copione già studiato a memoria:

«È un nostro carissimo amico»

«Ha un animo gentile e sincero, è capace di slanci formidabili»

«È ricchissimo!»

«Ama i cavalli»

«È un affermato pittore di arte contemporanea»

«E musicista»

«Una persona meravigliosa»

«Scapolo»

«Sì! Single»

«Bello come un Dio»

Virginia si era fatta proprio seria in volto, tanto che le altre smisero di ridere e si avvicinarono a lei circondandola, quasi preoccupate.

Gemma:

«Ehi tu!

Tutto bene?

Era soltanto per giocare un po', vieni, fatti abbracciare, stupida»

La contessina stava piangendo.

«E io che gli ho detto che mi chiamo Gianna!

Che figura di merda bimbe.

Io non ci voglio venire stasera al matrimonio, vi aspetto qui, sì.

Vi aspetterò qui!»

La sua migliore amica se la staccò di dosso, guardandola negli occhi:

«Tu stasera vieni con noi cara Gianna»

«L'unica cosa che resterà qui sarà la tua cazzo di corazza!

Giusto bimbe?»

Erano in cinque, quelle donne nude, in acqua che si stavano abbracciando.

Capitolo 5

L'incontro - ore 12,00

Alle ore dodici in punto il telefono di Azzurra prese a squillare, al quarto impulso lei riuscì a rispondere senza uscire dall'acqua, facendo cenno alle altre di fare silenzio un attimo, era il professor Errico Franco Mastri.

«Ciao Azzurra, ti chiedo scusa ma era solo per informarti che sono riuscito in quella cosa che ti ho accennato ieri notte»

«Non ci posso credere Errico, è tutto come mi hai accennato?»

«Esatto Azzurra, non è stato affatto facile ma finalmente ci sono riuscito»

«Lui adesso è qui»

«Io tra mezz'ora sarò alla spiaggia con René, Francesco ci raggiungerà più tardi, giusto il tempo per consentirmi di mettere al corrente mio figlio di quello che sta per accadere, poi fingerò un impegno e resteranno da soli, appena Euridice vedrà che mi starò allontanando farà in modo che avvenga l'incontro.

Francesco resterà sul posto per controllare che tutto vada per il verso giusto e sarà pronto ad intervenire nel caso qualcosa andasse storto, ma io sono fiducioso, vedrai che andrà tutto bene.

Ci vuoi essere anche tu Azzurra?»

«Ci può giurare professore, mi dia tempo venti minuti e sono lì!

Non potrò rimanere a lungo però, sono prigioniera delle mie amiche che mi devono agghindare, ma ripeto, aspetti il mio arrivo prima di dar fuoco alle polveri, sto arrivando!»

«Bene Azzurra, ti aspetto, cerca di fare in fretta»

Le altre che avevano ascoltato la conversazione in viva voce non avevano esattamente l'espressione più adatta al contesto.

Pendevano dalle labbra della bionda, che mentre

usciva nuda dalla vasca, afferrando veloce l'accappatoio per asciugarsi in fretta prese a farfugliare delle cose piena di ansia.

«Scusatemi ma devo assolutamente assentarmi per almeno un'ora, poi ritornerò da voi, promesso, ora però devo proprio andare, scusatemi di nuovo ma vi racconterò tutto al mio ritorno»

Lucia era uscita a sua volta dall'acqua e se la stava abbracciando sorridente:

«So esattamente cosa sta succedendo Azzurra, Errico mi ha pregato di non dire niente, visto che l'esito delle ricerche era incerto fino a due giorni fa, ma piuttosto, come intendi raggiungere la spiaggia sotto l'hotel?»

Mentre la ragazza la fissava interrogandone lo sguardo per trovare una soluzione immediata, Gemma intervenne in soccorso.

«Il professore ha detto che si allontanerà lasciando da soli René e Francesco, direi che qualcuna di noi dovrebbe usare una moto veloce per portarti lì, e magari dato che c'è, potrebbe chiarire anche una certa cosa, o sbaglio "Gianna"?»

La contessina Virginia Paoli Lucifero si catapultò fuori dalla vasca veloce come un'anguilla e sorridente come non mai.

«Non finisci mai di sorprendermi Gemma, sei sempre la solita geniale meravigliosa.

Azzurra ti porto io!

Andiamo con il Kava sette, giusto per un'ora soltanto però, d'accordo?

Ci sono ancora un sacco di cose da fare, che ne dici?»

La bionda non esitò un secondo:

«Dobbiamo fare in fretta!

Ti metti qualcosa addosso o hai deciso di guidare nuda per caso?»

René aveva accettato l'invito del padre, stava nuotando davanti alla spiaggetta appena al di sotto dell'hotel Villa Giulia, in attesa dell'arrivo di Errico.

Il professore era seduto accanto a Francesco, prima di

59

manifestarsi al figlio doveva mettere al corrente l'altro di alcune cose:

«Mi raccomando Francesco, ora René è nelle tue mani, avvertimi se qualcosa va storto, io aspetterò poco distante insieme ad Antonio Del Santo.

Non appena riceverò la chiamata di Euridice, una volta arrivata Azzurra le dirò di procedere.

Domande?»

«Nessun professore, posso dirle una cosa però?»

«Ci mancherebbe Francesco, dimmi pure ma fai in fretta»

«Lei è una persona straordinaria, come uomo e come padre Errico, mi creda perché le sta parlando il mio cuore»

Il professore finse di guardare altrove, quindi decise di stringere forte la spalla destra del Dio del Mare e si allontanò per raggiungere il Tenente Del Santo.

Il ruggito del Kava sette annunciò l'arrivo delle due ragazze, che una dopo l'altra presero posto accanto a

60

Francesco, Azzurra a destra, Virginia Paoli Lucifero detta "Gianna" a sinistra.

Quest'ultima visibilmente imbarazzata.

Francesco salutò la futura sposa con un paio di bacetti dati e ricevuti in cambio, mentre a "Gianna" fu riservato soltanto un cenno.

Virginia decise di rompere gli indugi:

«Credo di doverti delle scuse Francesco, e non potrò mai ringraziarti abbastanza per avermi salvato la vita.

Vedi, la verità e che ti ho mentito.

Io non mi chiamo Gianna, come ti ho detto»

Il ragazzo la guardò dritta negli occhi e lei ci si perse dentro proprio come quando li aveva visti mentre la ripescava.

«So benissimo chi sei, contessina Virginia Paoli Lucifero, ci siamo conosciuti a Miami durante una mia esposizione di quadri, otto anni fa, se non vado errato, avevi appena acquistato una mia opera e mi pregasti per avere una dedica sul retro del dipinto,

61

forse non ti ricordi e la cosa mi pare strana, visto che spendesti ventiduemila dollari per quel quadro: *Donna in amore alla fontana*»

Lei trasecolò.

«Mi ricordo bene di quella mostra a Miami, ma mi ricordo anche che parlai con un pittore che sedeva su di una sedia a rotelle, con la testa completamente bendata a causa di recenti interventi chirurgici, enormi occhiali neri e afflitto da un'emicrania pazzesca.

Aggiungo che saresti pesato ad occhio e croce rispetto ad oggi almeno venti chili in meno e che mi dedicasti forse due minuti scarsi, per poi pregare il tuo assistente di farti portare via.

Eri proprio tu Francesco?»

«Ero io Virginia, nella mia vita precedente, magari poi Azzurra ti spiegherà il resto.

Quindi, visto che anch'io in un certo senso ti ho mentito penso che siamo pari e le tue scuse sono accettate.

Ora scusate ma sta per avvenire un miracolo e dovete assolutamente stare in silenzio per una manciata di secondi.

Pronto Errico?»

«Francesco, ho appena detto a Euridice di raggiungermi, lui sta passeggiando in direzione di René, ora puoi chiamare mio figlio»

«Ricevuto Professore, e cerchi di stare tranquillo, vedrà che andrà tutto bene»

Il ragazzo si alzò di scatto e una volta avvistata la sagoma di un uomo che stava passeggiando sulla riva decise di urlare sbracciandosi in direzione di René, facendo segno di uscire dall'acqua.

Dopo il terzo tentativo il ragazzo parve aver inteso quel richiamo e adesso stava lentamente lasciando il mare in direzione della spiaggetta.

L'altro stava continuando nella sua lenta camminata e Francesco realizzò che a giudicare dalle rispettive andature i due si sarebbero incrociati verosimilmente sul bagnasciuga proprio di fronte alla sua postazione, distante una trentina di metri.

Azzurra stava piangendo alternando singhiozzi soffocati, Francesco le aveva afferrato la mano destra, così come nessuno seppe perché mai anche la mano sinistra di Virginia era stretta a lui.

La contessina continuava a non capirci niente.

Ora René si era fermato con il mare che gli sfiorava le caviglie, stava mettendo bene a fuoco il giovane che passeggiava, diretto verso di lui, indossava soltanto un paio di brachettoni e una collana di conchiglie, i suoi capelli fatti di piccoli riccioli biondo rossicci erano raccolti in una grossa cipolla in alto sulla testa, stile lottatore di sumo.

I due si guardarono un attimo, entrambi paralizzati da qualcosa di molto più grande di loro.

L'uomo dalla collana di conchiglie porse il suo spinello d'erba all'altro, che accettò di buon grado, poi entrambi si misero a sedere sulla sabbia fatta di piccoli ciottoli.

Erano fianco a fianco e guardavano il mare, senza parlarsi.

Si passarono il fumo a vicenda, poi René posò il suo braccio destro sulle spalle dell'altro che nello stesso preciso istante chinò la sua testa di lato sulla spalla di René, quasi a volersi abbandonare del tutto in quel bell'abbraccio.

Azzurra si era appena asciugata le lacrime alla meno peggio e decise di andare:

«Io vado da loro Francesco!

Tu conta fino a cento e raggiugimi però, non mi lasciare da sola con loro troppo tempo, capisci cosa intendo?»

«Capisco perfettamente bionda, vai pure, tra poco arrivo da voi insieme alla tua amica Gianna»

A quelle parole Virginia cercò di celare la sua espressione indispettita.

Continuava comunque a non capire cosa stesse

accadendo.

Il numero cento arrivò poco dopo ed era ora di raggiungere i tre, Azzurra aveva appena smesso di abbracciare l'uomo dalla collana di conchiglie e stava accarezzando il suo René che non riusciva a frenare i suoi lacrimoni e nessuno dei due riusciva a parlare, non appena Francesco e Virginia si fecero vicini, Azzurra decise di provare a rompere il ghiaccio.

«Questi sono nostri amici, lui è Francesco, lei è Virginia»

L'uomo delle conchiglie volse il suo sguardo serio, quasi assente verso i due, esitò qualche secondo, prima di ammiccare un mezzo sorriso accennando:

«Piacere.

Gualtiero ...»

Capitolo 6

Euridice Siniscalchi - ore 12,30

Euridice aveva raggiunto Mastri e Del Santo, ai quali si presentò con un filo di voce:

«Euridice Siniscalchi, piacere.

L'intenzione di Mastri era assolutamente quella di metterla il più a suo agio possibile:

«Finalmente ci conosciamo di persona signorina Euridice, dopo tutte quelle conversazioni telefoniche eccola in carne ed ossa finalmente»

Del Santo non poteva non usare il suo peperoncino:

«E che bella carne e che belle ossa signorina, mi scusi ma intravedo lineamenti del nord Europa, oserei direi Svedesi, o sbaglio?

Sicura di essere italiana al cento per cento?»

«Italiana per metà signor Antonio, mia madre era norvegese, mentre mio padre veneziano d'hoc»

Del Santo sorrideva compiaciuto mentre

l'abbracciava, scambiandosi con la ragazza due bacetti sulla guancia:

«Ci vedo lontano io signorina.

Ci vedo molto lontano, cazzo!»

L'occhiata che ricevette dal Mastri fu assai loquace.

Probabilmente non sarebbe stata "mamma" la prima parola proferita dal Del Santo bebè, pensò il primario rassegnato:

«Ce l'abbiamo fatta a quanto pare Euridice, è contenta?»

«Sono felicissima Professore, anzi, visto che ci sono devo anche scusarmi con lei, vede, anch'io sono medico, anestesista per la precisione e non ho ancora potuto congratularmi con lei. È veramente un onore conoscerla di persona Professore, la prego di credermi, quando frequentavo l'Università di Medicina ho studiato su uno dei suoi testi che ho poi discusso nella mia tesi.

Sono veramente emozionata nel conoscerla di

persona, la prego di credermi davvero»

Venga qui Euridice, si faccia abbracciare da un vecchio medico e mi chiami Errico per cortesia, la qualcosa mi sottrarrà forse e spero almeno qualche anno d'età inesorabilmente maturato nel frattempo»

«D'accordo professore, ma allora lei dovrà fare la stessa cosa con me»

«Mi sembra giusto Euridice!

Che ne dici di mettere al corrente Antonio di come sei riuscita a salvare Gualtiero?

Io nel frattempo, bisogna che raggiunga il mio René.

A dopo cara»

«A dopo Professor Errico»

Mentre il Mastri si dirigeva verso la riva, Del Santo si stava accendendo una sigaretta, dopo averne offerta una alla ragazza, che gentilmente avrebbe declinato, accettando però di buon grado una bottiglia di birra ghiacciata.

«Signorina, si accomodi sulla sdraio, accanto a questo

carabiniere curioso, muoio dalla voglia di sapere tutto e a tempo di record, le bastano dieci minuti?»

«Anche nove Antonio, la storia non è poi così lunga.

Ero di turno al pronto soccorso quando mi hanno portato Gualtiero in fin di vita, era stato colpito da due proiettili, uno all'addome, l'altro si era conficcato sotto la mandibola.

Aveva perso molto sangue e le sue condizioni apparvero subito disperate.

Furono necessari ben quattro interventi chirurgici, e dopo sedici ore sotto i ferri il suo stato clinico continuava ad essere molto grave.

La prognosi restava riservata e dopo due giorni anche i due poliziotti che si alternavano per piantonarlo in attesa del risveglio, forse per ottenere una qualche deposizione, non riapparvero la mattina successiva.

Evidentemente il verdetto del primario del reparto aveva scoraggiato perfino il Questore.

Lo stato di coma poteva divenire irreversibile e

comunque il paziente avrebbe avuto necessità di un ricovero in terapia intensiva e sicuramente per non meno di due settimane.

Sarebbe potuto morire o continuare a dormire, bisognava soltanto aspettare.

Io non riuscivo a darmi pace, non mi chieda per quale motivo, forse perché le uniche cose che lui riuscì a dirmi, tirandomi vicina non appena mi avvicinai alla barella furono: "devi cercare René, giurami che mi trovi il mio amico René!"

Io risposi di sì e giurai a mia volta, così decisi di fare qualche indagine per conto mio.

Quell'uomo non aveva parenti, il suo appartamento era stato arso dalle fiamme due giorni dopo il suo ferimento e anche alla sua attività capitò la stessa sorte.

Un incendio aveva divorato il suo van-bar-ristorante assieme agli arredi esterni.

Decisi di intrufolarmi tra le macerie, la notte

successiva al disastro, nonostante i sigilli che avevano apposto le forze dell'ordine, ma l'unica cosa che riuscii a raccogliere fu una vecchia agenda mezza bruciacchiata e qualche fotografia nelle stesse identiche condizioni.

Il paziente non dava segni di ripresa, sebbene il suo stato clinico complessivo apparisse stabile.

Trascorsi ventidue giorni fu finalmente dimesso dalla terapia intensiva per essere spostato in chirurgia generale, clinicamente gli interventi erano riusciti ma il referto medico appariva implacabile; anche se si fosse rimesso sarebbe stato afflitto da amnesia persistente.

Stando ai miei esimi colleghi avrebbe dovuto cominciare una nuova vita, della sua precedente non vi sarebbe rimasta più alcuna traccia nella sua mente, si raccomandava rieducazione muscolare e comunità di recupero.

Due settimane dopo cominciarono le sue sessioni di

fisioterapia e sebbene non proferisse parola, la sua attività motoria rispondeva decisamente bene ai primi stimoli.

Quando potevo andavo a trovarlo e dopo il servizio tentavo di fargli ricordare qualcosa, utilizzando quei minuscoli pezzi di carta e fotografie mezze bruciate visto che era tutto quello che avevo.

Un giorno avvenne una cosa terribile: come al solito il mio Gualtiero fu prelevato di mattina presto per essere condotto al reparto di fisioterapia, subito dopo due addette alle pulizie sistemarono la sua stanza e a quanto pare invertirono involontariamente le cartelle cliniche riguardanti le profilassi e le terapie quotidiane che di solito si usava tenere appese sulla parte inferiore del letto dei ricoverati.

La scheda di Gualtiero fu pertanto invertita per errore con quella dell'altro paziente presente all'interno della stanza del reparto, operato due sere prima per una frattura al femore.

Alle ore undici l'allarme della postazione di quel ricoverato cominciò a suonare e quando il personale medico si precipitò al capezzale del poveretto al medico non restò altro che constatarne la morte, avvenuta per soffocamento.

Per l'omicidio era stato utilizzato un cuscino.

Avevano ucciso la persona sbagliata.

Non appena una mia collega con cui mi ero raccomandata per essere messa sempre e subito al corrente circa lo stato di salute quotidiano di Gualtiero, mi riferì dell'accaduto non ci pensai su due volte, mi precipitai in fisioterapia, lo prelevai, lo caricai su di un'ambulanza e me lo portai a casa.

Poi inviai un certificato medico al mio reparto, accusando una serie di malanni che avrebbero causato la mia assenza almeno per i prossimi due mesi a venire, feci in fretta qualche valigia e mi portai Gualtiero in Val d'Aosta, dove siamo stati nascosti lontani da tutto e da tutti per quasi un anno.

Poi ci siamo spostati in Sicilia e poi ancora in Puglia.

Gualtiero sta recuperando lentamente, quanto faticosamente la memoria perduta, i suoi progressi hanno del miracoloso e oltre ad esserne soddisfatta ne sono assai orgogliosa e aggiungo felice.

Mi sono innamorata di lui fin da quando mi è apparso davanti in fin di vita, sdraiato su quella barella.

Ora, a distanza di due anni però ho perso il mio lavoro, esaurito tutti i miei risparmi e adesso siamo rimasti proprio del tutto senza soldi.

Figurati Antonio che ho dovuto chiedere al Professor Mastri di anticiparci le spese per arrivare fin qui.

Mi sento persa, umiliata e sconfitta.

Mi può capire signor tenente?»

A quel punto la donna iniziò a piangere e Del Santo decise di abbracciarla stretta.

Gli altri stavano arrivando, Azzurra era accanto a Mastri, René e Gualtiero seguivano a poca distanza, Francesco e Virginia erano ancora seduti sulla riva.

La bionda afferrò le mani dell'altra.

«Ti dobbiamo soltanto ringraziare Euridice, Errico mi ha riferito della vostra storia, tu non sai cosa voglia dire per tutti noi sapere che Gualtiero è ancora vivo e tra noi, soprattutto per René.

Vedrai che con lui vicino farà grandi progressi, pensa che poco fa stavano canticchiando delle canzoni che hanno scritto insieme tanto tempo fa»

L'altra le rispose commossa.

«Grazie a voi Azzurra, credimi ma è la prima volta che lo vedo così sorridente, guarda, sembra non zoppicare neanche più, è stato veramente un miracolo»

Mastri la interruppe con garbo, come suo solito.

«Dobbiamo ringraziare il Tenente dei carabinieri Antonio Del Santo che dopo aver ascoltato qualche mia solita pazza elucubrazione serale, visto che nelle mie ricerche non vi era traccia di necrologi o di funerali che riguardavano il povero Gualtiero, ha incaricato il dottor Massimo Valente per ricerche più approfondite.

È soltanto grazie a loro due che sono riuscito a rintracciarti Euridice»

Azzurra si inserì di nuovo tra i due e ora anche Francesco e Virginia si erano avvicinati, tenendosi stranamente per mano, la bionda fece cenno a René di avvicinarsi e Gualtiero fu invitato a mettersi accanto alla sua donna.

«Riguardo a tutti i soldi che hai speso, al tuo lavoro che hai perso all'Ospedale, ai tuoi risparmi bruciati, a tutto questo tempo in fuga dal mondo, ci sarebbe una cosa che devi sapere, non è vero René?»

«Certo Azzurra, penso che sia arrivato finalmente il momento opportuno, puoi pensarci tu pa'?

Hai portato quella cosa?»

Il Professore, annuì in silenzio, estrasse dalla tasca un sacchetto di pelle di camoscio, una specie di borsellino di foggia medievale, chiuso da un laccetto fatto dello stesso materiale, che porse ad Azzurra, abbracciata da René che gli stava alle spalle:

«Questi appartengono a Gualtiero, Euridice, e quindi dovrai amministrarli insieme a lui.

Noi sappiamo che saranno in buone mani»

L'altra concentrò prima lo sguardo sul fagottino di camoscio, poi intercettò gli occhi di tutti, uno dopo l'altro.

«Di cosa si tratta? Non so di cosa stiate parlando»

Azzurra non esitò:

«Li aveva addosso Gualtiero, era ferito a morte e prima di perdere i sensi li ha consegnati a René, che credeva che il suo amico fosse stato ucciso.

Anche lui è stato colpito con due colpi di pistola quel giorno e ha deciso di scappare per cercare di trovare rifugio da me, alla fine, a quanto pare ce l'abbiamo fatta, a sopravvivere, almeno fino ad oggi!

Comunque questi sono vostri, tuoi e di Gualtiero, puoi aprire il sacchetto Euridice, dai pure un'occhiata all'interno»

L'altra ubbidì e i riflessi dei cinquanta diamanti rosa purissimi si specchiarono sul suo volto attonito.

«Pietre preziose, chissà quanto possono valere!»

René le fece eco:

«Più o meno venti milioni di dollari Euridice, oggi forse anche qualche cosa in più, dovrai leggerti le quotazioni, sai il prezzo oscilla di giorno in giorno»

«Volete dire che io e Gualtiero siamo diventati così ricchi?

Non è uno scherzo vero?

Non penso che né io né Gualtiero ce lo meritiamo»

Del Santo stava sbuffando e si precipitò nella mischia:

«Primo non è uno scherzo, secondo è roba di Gualtiero e quindi anche tua, terzo come lui li ha dati a René in quello che sembrava il momento di esalare l'ultimo respiro, adesso René li restituisce, quarto non siete ricchi!

Siete ricchi ma soltanto a metà!»

79

Ora anche gli sguardi degli altri si erano fatti curiosi.

Il Tenente Del Santo si era accorto di avere tutti in pugno e sfoderò il suo solito sorrisetto beffardo:

«Intendevo dire che stasera ti presento un certo Attilio Medici, detto anche "il ragiunatt", un caro amico nostro e scommetto un caffè con tutti voi che se farai gestire a lui quella roba che tieni in mano tra un anno vi consentirà come minimo di averne raddoppiato il valore.

Domande?»

Il Mastri intervenne solenne:

«Non accetto la scommessa del caffè, visto che perderei sicuramente!»

Dopo una serie di abbracci commossi e felici la contessina Virginia decise di intervenire:

«Abbiamo un problema!

Dobbiamo tornare, alla Reggia della Lucertola, sono già le tredici abbiamo un sacco di cose da fare, stasera ci sarà un matrimonio, ve lo siete dimenticato per caso? Mi avete strapazzato la sposa anche troppo e ora io me la riprendo!»

Mentre finiva di parlare si era afferrata per un braccio Azzurra.

«Tu Euridice verrai con noi, siamo tutte donne e dobbiamo trovare assolutamente qualcosa da farti indossare, non accetto obbiezioni.

Gualtiero avrà René vicino e penseremo all'abito anche per lui, ora però dobbiamo veramente andare»

Una volta finito di parlare aveva afferrato anche l'avambraccio di Euridice che non aveva osato rifiutare l'invito.

Francesco si era defilato qualche minuto prima, ora era a una ventina di metri di distanza, alla guida di un Humvee dei Marines, e così le tre donne si precipitarono a bordo.

Capitolo 7

Est satis est satis - h 13,00 - parte prima

Mastri decise di non partecipare al pranzo all'aperto con i militari, aveva preferito restarsene da solo, su una delle comode poltrone della hall.

Prima di sedersi aveva pensato bene di girarla in modo che la parte posteriore, quella dello schienale avesse potuto nasconderlo alla vista.

La spremuta d'arancio e i due toast lo aspettavano sul piccolo tavolino da fumo che aveva di fronte, che ospitava tra l'altro un portacenere vuoto, sigarette, accendino e i due suoi telefonini.

Esitò qualche attimo prima di aprire il telegramma appena recapitato dal postino arrivato poco prima e giunto appositamente per lui.

Gli attimi si trasformarono in minuti ed era giunta l'ora di aprire la busta e finalmente leggere la bella notizia.

Mancava giusto il coraggio, soltanto quello.

Da lontano arrivava l'eco del baccano dei militari e degli altri che evidentemente stavano apprezzando gli hamburger e le patate fritte che venivano dispensate in quantità.

Si concesse un sorrisetto che però rintuzzò immediatamente, una volta posati gli occhi sulla busta gialla che conteneva il telegramma:

```
     "Corte Suprema de la Republica
               Mexicana"
```

Tirò un lungo sospiro e decise di leggerne il contenuto:

```
"Este tribunal aceptó su petición,
dado su matrimonio con Lucía Bedini
-  Seis  instancias  anteriores  no
aceptadas como únicas - Al confirmar
```

el consentimiento para la adopción de la pequeña Soledad Cayetano, comunicamos que la niña ha sido víctima de violencia sexual y estamos investigando - Se le invita a presentarse para decidir si acepta la situación en un plazo de diez días a partir de hoy.

El Presidente de la Corte Suprema de Menores

Dr Alejandro Rojas"

Masticava un po' di spagnolo e non ebbe difficoltà nel tradurne più o meno il senso:

"Questo tribunale ha accettato sua richiesta, visto suo matrimonio con Lucia Bedini - precedenti sei istanze

non accettate in quanto celibe - nel confermare il nulla osta per l'adozione della minore Soledad Cayetano, comunichiamo che la piccola è stata vittima di violenza sessuale e stiamo facendo indagini - è invitato a presentarsi per decidere se accettare lo stato delle cose entro dieci giorni a partire da oggi.
Il Presidente della Corte Suprema per i minori.
Dr Alejandro Rojas"

Non era proprio esattamente quello che avrebbe voluto leggere.
Pianse, sforzandosi di non singhiozzare, con la testa raccolta tra le mani che la stringevano davvero forte, badando bene a fare il meno rumore possibile, rannicchiato lì, accovacciato soltanto su sé stesso e al riparo dal mondo intero, nel grembo della grossa poltrona.
Del Santo aveva appena attraversato l'ingresso della hall seguito da Luca e Francesco:

«Non è che si è sentito male per caso vero?

Mi ha detto che ci avrebbe raggiunto e poi non si è fatto vedere, i telefoni squillano ma non risponde, ma dove cazzo è finito?»

Luca Bernardeschi intervenne a sua volta.

«Chiama di nuovo, magari là fuori non c'era abbastanza linea, Ernestina ha detto che non è in camera e che ha chiesto dei toast e una spremuta, ma dove sarà finito?»

Anche Francesco sembrava preoccupato:

«Io ve lo dico: se non lo troviamo sguinzaglio i marines e procediamo con un rastrellamento militare»

Il tenente intervenne deciso:

«Sta squillando, sentite?

È qui vicino cazzo!»

Il suono di uno dei due cellulari del Professore li fece dirigere verso la poltrona messa di traverso, i tre si avvicinarono veloci per rallentare all'ultimo passo e poi fermarsi proprio del tutto.

Il Professor Errico Franco Mastri giaceva esanime sulla poltrona, aveva le braccia larghe e abbandonate penzoloni dai braccioli verso il pavimento, la mano destra impugnava stretta un foglio dispiegato.

Il carabiniere sembrava impazzito.

«Errico!

Mastri cazzo!

Errico!

Non mi puoi morire così cazzo Professore, così no!»

Stava piangendo e ridotto in ginocchio sbatteva i pugni sul tappeto.

Il dottor Luca Bernardeschi si avvicinò al primario, appoggiando due dita alla carotide:

«È vivo Antonio, ha soltanto perso i sensi, aiutatemi ad adagiarlo disteso a terra.

Francesco!

Sto parlando anche con te!

Mi stai ascoltando?»

Francesco stava piangendo ad occhi e pugni chiusi e

sembrava paralizzato, mentre il tenente aveva deciso di non ascoltare e continuava a menare cazzotti al pavimento maledicendo l'umanità intera.

Luca decise di fare da solo, afferrò il primario da sotto le ascelle e lo fece scivolare a terra, una volta sdraiato prese a sollevare le gambe in alto e si rivolse di nuovo a Francesco:

«Ci vuole qualcosa di forte, prendi del liquore al bar e porta anche dell'acqua, subito!»

Del Santo sembrava cominciare finalmente a realizzare l'accaduto e decise di intervenire, cercando di parlare al medico e schiaffeggiandolo sulle guance.

Dopo il primo goccio di grappa Mastri riuscì a tossire, aprì gli occhi per mettere bene a fuoco quei tre che a loro volta lo stavano fissando con gli occhi devastati dalle lacrime:

«Penso di avere perso i sensi, tranquilli, deve essersi trattato di un calo glicemico», afferrò il bicchiere di succo d'arancia sul tavolino da fumo e ne trangugiò l'intero contenuto in un attimo.

Nel rialzarsi avvertì un piccolo capogiro che però passò subito ma che lo fece precipitare di nuovo a piombo sulla poltrona.

«Che ci fate qui voi tre?»

Del Santo pareva una furia:

«Che ci facciamo noi qui?

Ci hai fatto prendere un colpo.

Credevamo che tu fossi morto cazzo!»

«Ti stavamo cercando, visto che non eri arrivato per il pranzo e ti troviamo in questo stato, mi vuoi, anzi, ci puoi dire che cazzo ti è successo Errico?»

Dopo quelle parole Mastri porse il telegramma a Luca per poi accendersi una sigaretta, nel frattempo Rambo leggeva a voce alta prima il testo in spagnolo per poi ripeterne il contenuto tradotto in italiano.

Il carabiniere si era seduto così come Francesco e Luca e ora erano tutti e tre in attesa delle necessarie spiegazioni, il primario iniziò il suo racconto:

«Ho sempre elargito importanti somme a titolo di beneficienza, al tempo stesso ho sempre preteso, e peraltro ottenuto, l'assoluto anonimato.

Otto anni fa decisi di adottare a distanza una neonata messicana, la settima di sette figli di una famiglia poverissima.

Due anni dopo avrei versato la stessa cifra per altre ventisei bambini dello stesso villaggio.

Non mi limitavo alla sola retta minima raccomandata dalla Diocesi, tutt'altro, e grazie ai miei versamenti mensili il parroco del villaggio avrebbe provveduto agli alimenti, un minimo di assistenza medica, vestiario e materiale scolastico.

In cambio delle mie cospicue elargizioni ogni fine mese mi veniva recapitato un ordinatissimo elenco del dettaglio riguardante le spese, i relativi beneficiari e i loro ringraziamenti.

Fu grazie alla prima bambina appena nata, quella Soledad, che oggi tanti di quei bambini e le loro famiglie riescono a resistere e sopravvivere a quella miseria terribile.

Ripeto, ho sempre invocato, anzi preteso l'anonimato riguardo alle mie donazioni, che negli anni hanno raggiunto oltre il milione di euro e vi prego di tenere queste cose per voi.

Tuttavia, esattamente ad ogni fine mese quel parroco mi allegava al rendiconto anche una piccola fotografia di Soledad.

Secondo lui era stato grazie al mio primo interessamento per quella neonata che gli altri bambini e le loro famiglie avrebbero poi potuto beneficiare delle mie carità cristiane.

La vedevo crescere e quelle sue piccole foto in bianco e nero che conservo peraltro gelosamente, mi hanno aiutato voi non sapete davvero quanto nel cercare di superare quel mio infausto trauma causato dal maledetto incidente stradale.

Appena ottenuto l'incarico di primario su quest'isola

decisi di inoltrare le pratiche per l'adozione della piccola Soledad.

Non potevo né volevo sostituire la mia bambina che non c'era più.

Sia chiaro!

Questo ve lo posso giurare»

Ora il medico era stato aggredito da una crisi di pianto a dirotto ma bastò un generoso sorso di gin dalla bottiglia proposta da Del Santo, per infondere nuovo coraggio e decise di farsi forza nel continuare il suo racconto.

Gli altri tre stavano trattenendo con tutte le forze il loro pianto.

«Le prime cinque istanze di adozione mi furono respinte dalla Corte dei Minori Messicana, dato il mio status di celibato vedovile.

Non appena celebrato il matrimonio in Vaticano ho pregato il Vescovo Ermenegildo Braccialini di informare il Tribunale Messicano del mio stato coniugale e alla fine pare sia riuscito ad ottenere l'adozione tanto sperata.

Aspettavo con ansia questo telegramma, la curia romana stessa si era attivata per snellire i tempi di procedura e così è stato.

Volevo soltanto starmene un po' da solo per apprendere la bella notizia, prima di parlarne con la mia Lucia, convinto di farle una meravigliosa sorpresa.

Io e lei abbiamo parlato spesso di figli che ritengo sia troppo tardi per averne data la mia età, e pensavo, magari egoisticamente che questa adozione l'avrebbe fatta sentire più donna, più realizzata come moglie in quanto madre.

Mio Dio!

Quante volte ho immaginato la scena di Lucia che prende in braccio per la prima volta la piccola Soledad, nostra figlia, non vi potete immaginare»

Ecco, ora piangevano tutti e quattro gli uomini.

Decisero di uscire in giardino, Del Santo si era portato il gin e il racconto proseguì sotto il portico, Ernestina non si era persa niente di quanto accaduto, rianimazione inclusa e quindi decise che servire un bel caffè doppio ai quattro lacrimanti, avrebbe quanto meno istituzionalizzato la sua presenza.

Così successe e così le fu concesso di mettersi seduta insieme a loro.

Era così interessata a quella storia tanto che stava rischiando di strapparsi il grembiule di cucina che indossava, per quanto lo stava stropicciando con mani nervose.

Mastri:

«Due anni fa ho regalato un cellulare alla piccola Soledad, il numero è intestato alla madre naturalmente, e grazie al suo profilo ogni tanto posso chattare con la bimba che mi chiama affettuosamente "Erico", io scrivo soltanto brevi e piccole cose del tipo: "Amore mio un giorno ti vengo a prendere", oppure: "Non vedo l'ora di abbracciarti", o anche "Sei l'unica per me" e ancora: "Vedrai come sarà contenta Lucia di conoscerti, ma dobbiamo stare attenti e agire in segreto per la sorpresa".

Eccetera eccetera, i messaggi sono ancora tutti qui.

Lei mi risponde con dei cuoricini colorati, gialli, rossi, verdi, blu e talvolta rossi.

L'ultimo risale a una settimana fa ed era rosso.

Il messaggio diceva così:

"Quando mi vieni a prendere Erico? Mi hanno fatto molto male sai? Puoi venire domani? Voglio vivere con te."

Sua madre mi ha mandato poi poche righe:

"È stato un mostro gringo americano, mio marito ha trovato questo, addio Professore, ora penso che non vorrà più la mia bambina e proviamo soltanto vergogna, che Dio abbia pietà di noi."

Poi non ho saputo più niente, il telefono risulta spento e oggi il Tribunale mi comunica che è stata violentata.

95

È lei è soltanto una bambina capite?»

Ci fu una pausa di qualche secondo.

Ernestina si era alzata per abbracciare il Professore da dietro, cercando forse di consolarlo.

I due si dondolarono un po', così uniti mentre Del Santo decise di rompere il silenzio:

«Scusa Errico, ma cosa intendeva la madre di Soledad per *Questo*?»

Il Mastri porse uno dei due telefoni al Tenente dopo aver selezionato la chat che riportava la fotografia del gemello ritrovato sul luogo dello stupro.

Del Santo mise bene a fuoco azionando lo zoom sulla foto e realizzò per bene il contenuto dell'immagine.

Era in oro e a forma di scudo. con la placca in smalto di lacca di colore blu cobalto e con impresse tre iniziali sempre color oro e stilizzate in carattere corsivo.

Lettera "H" - lettera "W" – lettera "J"

Decise di offrire altro gin agli altri, rigorosamente dal

96

collo della bottiglia e s'infilò distrattamente il
cellulare di Mastri nella tasca dei propri calzoni.

Capitolo 8

L'inizio della fine - h 13,00

Euridice si era unita alle altre immerse nella piscina termale.

Lucia, Gemma, Susanna e Virginia ma soprattutto Azzurra volevano soddisfare ogni loro legittima curiosità riguardo lei e la sua storia con Gualtiero.

La nuova arrivata sembrava essere perfettamente a proprio agio e riuscì ad interagire per una buona mezz'ora con le altre, approfittando sia della sua eccellente dialettica, sia del suo carattere aperto e versatile,

Non era esattamente la tipa da trovarsi in imbarazzo in qualsiasi situazione, realizzarono tutte le altre.

Decise garbatamente di concludere le conversazioni riassuntive soltanto quando si accorse che sarebbero potute trascorrere ore e ore senza riuscire ad esaurire i contenuti di quanto vissuto completamente, quindi propose di cambiare rotta.

«Scusate la franchezza, ma se siete d'accordo direi di parlare di altro a questo punto, sbaglio o stasera si celebrerà un matrimonio?

Posso chiedere in cosa consiste il vostro programma, se almeno ne esiste uno?»

Gemma le porse un calice di prosecco ed invitò le altre a fare altrettanto.

«Hai ragione Euridice!

Quindi basta con le curiosità e dedichiamoci alla sposina, proporrei un bel brindisi se siete d'accordo»

Le flûtes si scontrarono tra sorrisi spontanei e sinceri.

La madre del piccolo Gianni proseguì:

«Direi di spostarci di sopra, chi vuole può concedersi un massaggio per poi pensare a mani e capelli, il trucco è previsto intorno alle diciotto, subito dopo uno snack veloce e ci vestiamo, visto che alle venti dovremo trovarci in hotel, va bene bimbe?»

Euridice:

«Penso di non avere l'abito adatto ma se qualcuna di voi mi dice come arrivare in paese magari mi organizzo con quello che trovo»

La contessina Virginia Paoli Lucifero intervenne decisa:

«Non se ne parla neanche Dottoressa Euridice Siniscalchi, ho un guardaroba pieno zeppo di cose costose e tante di loro addirittura mai neanche indossate e che aspettano soltanto qualcuno che le scelga per qualcosa di adatto alla sua persona, ad una sola condizione però…»

L'altra la incalzò curiosa:

«Per me va bene, anzi grazie, poi naturalmente ti restituirò tutto quanto, ma esattamente in cosa consiste la condizione?»

Virginia passò lo spinello a Lucia, visto che doveva rispondere:

«Se ho capito male magari puoi anche correggermi Euridice, ma per come ti posso conoscere, per quel

100

poco tempo che ci siamo frequentate mi sembri una tipa tosta, colta, con una bella qualifica professionale che anch'essa ti attribuisce evidentemente una pesante autonomia decisionale anche in situazioni critiche.

Viste e considerate poi le tue esperienze di volontariato con varie ONG in giro per il mondo, alludo ad Emergency, Amnesty International, e Médecins Sans Frontières, deduco il tuo orientamento politico.

Sbaglio forse Euridice?»

«Screening esatto, contessina, quindi?»

«Arrivo al punto e alla mia condizione Dottoressa: sei disposta, almeno per questa sera ad abbandonare in perfetto stile Cenerentola parte di questo tuo mondo culturale per niente radical chic, anzi oserei dire piuttosto anarchico proletario per farci contente?

Soltanto per questa sera ti prego, prendila soltanto come pura esperienza personale.

Alludo a vestito cortissimo e tacchi altissimi, trucco

insomma, una cosa da borghesi ricchi bastardi, non so se sono stata abbastanza chiara»

L'altra sorrise finalmente, temeva che l'argomento si facesse impegnativo, viste le premesse:

«Accetto molto volentieri, anche se vi devo confessare che non indosso più i tacchi dalla mia prima comunione, vorrà dire che mi considererò vostro ostaggio fino a domani mattina.

All'alba però mi ritrasformerò di nuovo in me stessa.

Sono davvero curiosa di vedermi in versione Mrs. Hyde»

Gemma intervenne contenta:

«Vedrai che sarai fantastica Dottoressa Jekyll»

Gemma e Lucia erano sdraiate, ciascuna sui propri lettini intente a farsi massaggiare le spalle da due massaggiatrici svelte e silenziose.

Gemma non la vedeva tranquilla:

«Cos'hai Lucia?

Me lo vuoi dire finalmente o devo fare finta di

niente?»

«A te non sfugge proprio niente, vero Gemma?»

«Puoi dirlo forte cara, allora?»

«Credo proprio che Errico abbia un amante, anzi, ne sono assolutamente convinta come sono altrettanto certa che la cosa vada avanti da anni»

Dopo quelle parole Gemma improvvisamente si alzò per mettersi seduta sul lettino, nel fare un cenno elegante alla massaggiatrice che poteva bastare così, si avvolse l'asciugamano addosso e afferrò la mano di Lucia.

«Sei davvero così sicura Lucia?»

«Assolutamente Gemma»

Sospirò enfaticamente.

«Sono riuscita a fotografare due pagine di messaggi che Errico e la sua amante si sono scambiati, è successo per caso, lui era sotto la doccia e uno dei suoi cellulari ha preso a vibrare, ho aperto la chat e ti prego di non chiedermi il perché, chiamiamola pura curiosità femminile e ho fatto scorrere i messaggi.

Avevo poco tempo e non volevo farmi trovare a curiosare tra le sue cose, quindi ho deciso di fotografare col mio telefonino le ultime due pagine di messaggi per poi rimettere tutto a posto»

Dopo cinque secondi mio marito usciva dalla doccia e decisi di metterlo alla prova:

«Mi sembrava che squillasse uno dei tuoi telefonini»

Gli ho detto.

Lui ha controllato subito mentre io ero in attesa di intercettare la sua espressione.

«Non mi sbagliavo Gemma!»

Quando ha letto il messaggino di lei con tanto di cuoricino rosso finale, i suoi lineamenti facciali sono mutati, gli è sfuggito un sorriso poi ha rivolto lo sguardo verso di me, imbarazzato e serissimo.

Il tipico atteggiamento di chi ha qualcosa, anzi molto da nascondere.

«Posso vedere le foto delle chat Lucia?

O preferisci di no?»

«Aspetta, dammi soltanto il tempo di recuperare il cellulare»

Susanna si era appena avvicinata a Gemma sospettosa:

«Dimmi che non è quello che penso, Lucia ha per caso ripreso con quel tale?»

«No Susanna, stavolta la cosa ha veramente dell'incredibile, ti giuro che mi sta crollando un mito. Spero veramente che non sia così, credimi»

Aveva perso una lacrima che Susanna subito asciugò.

Non devi farti vedere così, altrimenti che aiuto le puoi dare?

Lucia stava tornando completamente nuda con il suo cellulare in mano.

«Scusa Susanna ma te ne avrei parlato con calma, non volevo metterti in ansia, sai pensavo al bambino»

«Tranquilla Lucia, se non ci sono riusciti i missili vuol dire che noi due siamo pronte per affrontare

105

proprio tutto, penso che sarebbe il caso di mettere al corrente anche le altre però, noi siamo troppo di parte Lucia, i nostri consigli potrebbero essere condizionati da tutto il bene che ti vogliamo sia io che Gemma»

«Ottima idea»

Rispose determinata e nervosa Lucia.

«Piuttosto - continuò Susanna rivolgendosi a Gemma - a quale mito cadente alludevi prima Gemma?»

«Al professor Errico Franco Mastri Susanna»

La carabiniera si mise a sedere sul lettino e istintivamente si posò la mano destra sul pancione.

Lucia:

«Va tutto bene Susanna?

Vuoi dell'acqua?»

«Tutto bene cara, grazie, sono pronta, voglio soltanto sapere tutto e subito però!

Se è davvero come penso e ritengo di non potermi sbagliare il mio Santino era al corrente della cosa e avrebbe deciso bene di lasciarmi all'oscuro di tutto, proprio un bell'atteggiamento da futuro padre, aggiungo»

Fu Gemma a svuotare il sacco a tutte, mentre Lucia stava fumando nervosamente una sigaretta sulla terrazza con lo sguardo perso nel mare.

Capitolo 9

L'inizio della fine - parte seconda - h 13,30

Tutte e sei le donne si erano appena accomodate nella grande sala del soggiorno.

Si erano sistemate vicine tra loro, giusto per alternarsi nello sguardo delle foto delle chat esibite dal telefonino di Lucia, l'unica in piedi, davanti a una delle finestre.

Il cellulare passò di mano in mano e il silenzio era ora del tutto assoluto.

Lucia aveva ragione, e il pensiero era per tutte identico.

Ma che razza di uomo avevano conosciuto?

Ad una ad una presero ad abbracciare Lucia.

Lì per lì a nessuna di tutte loro riuscì di parlare per qualche minuto, ora se ne stavano tutte e sei appoggiate alla balaustra della terrazza, in silenzio, guardando il mare.

Gemma decise per prima di infrangere quel silenzio:

«Cosa hai intenzione di fare Lucia? Come possiamo aiutarti?

Hai qualcosa in mente per caso?»

Lucia le rispose senza neppure guardarla, continuava a guardare il mare, inespressiva, fumandosi l'ennesima sigaretta.

«Non ne ho la più pallida idea, tranne quella di scaraventarmi di sotto e subito»

«Non ci pensare neanche Lucia, non dire cazzate!

Ora vieni via da qui, entriamo dentro e parliamo, vedrai che troveremo una soluzione, altrimenti che ci stiamo a fare qui con te?»

Susanna le fece eco:

«Ha ragione Azzurra, Lucia!

Non sono proprio capace di dirti quanto mi dispiace per quanto io sia rimasta sopraffatta dalla sorpresa, pensavo di conoscere bene il primario ma evidentemente mi sbagliavo.

Dai! Vieni dentro e basta sigarette, che ti faccio preparare un te»

Durante l'attesa di qualcosa di caldo c'erano soltanto sguardi tristi in silenzio religioso e ancora nessuna lacrima da parte di alcune di loro.

Erano sei donne insieme, deluse quanto incazzate tutte con l'intero universo.

Gemma intervenne di nuovo decisa:

«Dobbiamo farlo venire qui e subito bimbe, questa cosa deve essere chiarita.

Qui non si parla soltanto della cara Lucia, la cosa riguarda tutte noi.

Sinceramente non me la sento di condividere questi festeggiamenti insieme a tutta questa enorme tristezza e delusione, neanche attingendo a tutta quanta l'ipocrisia che potrei raccogliere.

Io non ce la faccio proprio.

Scusate ma penso che questa cosa debba essere chiarita, e ripeto, non sto parlando soltanto per Lucia ma piuttosto anche per me e per ciascuna di voi.

Cosa ne pensate?»

Susanna rispose per prima:

«Sono assolutamente d'accordo Gemma, io farei lo stesso, non vedrei l'ora di metterlo davanti al fatto compiuto.

Cosa ne pensi Lucia?»

«Non so esattamente dove abitino i miei pensieri in questo particolare momento, ma penso che se mi state vicine avrei il coraggio di affrontare l'argomento in sua presenza, da sola adesso come adesso non ce la farei proprio, ne sono sicura»

Azzurra le accorse in soccorso.

«Hai noi Lucia, ti sembra poco? Siamo tutte con te e vicine a te e anzi, io penserei ad uno stratagemma: anziché annunciare al Professore l'oggetto della convocazione penso sarebbe meglio farlo arrivare per un motivo qualsiasi, non vorrei che strada facendo si preparasse una vagonata di scuse e di falsi alibi»

Euridice in perfetto atteggiamento da femminista si unì al coro:

«Basterebbe comunicare un mancamento simulato e subìto da Lucia, con preghiera di farlo arrivare, giusto per verificarne la pressione ed effettuare una rapida visita medica, che ne dite?»

La contessina porse, annuendo decisa, il suo cellulare a Gemma:

«Chiama tu tesoro, te la senti?»

Gemma afferrò sicura l'apparecchio componendo a memoria il numero di Errico.

«Mastri, con chi ho il piacere di parlare?»

«Scusa Errico, sono Gemma e ti chiamo col cellulare di Virginia, non ti allarmare ma si tratta di una piccola emergenza, sarebbe gradita la tua presenza qui da noi, giusto per qualche minuto, si tratta di Lucia, non si è sentita bene poco fa»

«Puoi essere più precisa, Gemma? Cosa le è successo esattamente?»

«Non appena uscita dalla piscina termale ha avuto un mancamento, Euridice parla di un probabile calo di pressione»

«Arrivo subito, Gemma, intanto fatela sdraiare e tenetele le gambe in alto, nel frattempo preparate una miscela di acqua, sale e zucchero e fatela bere a Lucia, tra poco sarò lì da voi, parto immediatamente»

Gemma chiuse la conversazione e indicò pollice alto alle altre che avevano ascoltato in viva voce:

«Ora diamoci una sistemata, tra poco sarà qui e siamo tutte nude, mettiamoci qualcosa addosso e cerchiamo di mantenere la calma, d'accordo bimbe?»

Le altre non risposero, le loro espressioni non apparivano del tutto serene.

Mastri si alzò dalla poltrona accusando un altro capogiro:

«Errico che è successo?

Ti sei sbiancato in volto»

Del Santo sembrava preoccupato.

«Soltanto un lieve capogiro Antonio, era Gemma, mi dice che Lucia non si sente bene, devo andare a vedere subito di che si tratta»

«Errico non andare da solo, non stai bene neanche tu, riesci a vederti?

Lascia almeno che ti accompagni»

«Non occorre Antonio, davvero, state tranquilli, non occorre»

Mentre proferiva quelle ultime parole il primario guardava il mare fuori dalla finestra.

Il tenente sapeva che il Professore stava mentendo nella maniera più spudorata possibile ma decise di non insistere oltre, quindi si diresse verso l'uscita insieme a Luca e Francesco, ancora più scettici del carabiniere.

Capitolo 10

L'inizio della fine - parte terza - h 13,45

Mastri decise di tornare sui suoi passi e colse i tre amici che stavano parlando proprio di lui e di quella sua strana reazione.

«Se non vi sentite tranquilli probabilmente avete ragione»

«Ascoltatemi bene, perché non ho molto tempo, ve la ricordate Cynthia Camdell?

La famosa top model venezuelana, intendo»

Francesco Setti Vallerini lo interruppe immediatamente:

«Miss mondo di sei anni fa, la modella più pagata dell'universo, chi non la conosce?»

«Bene, così sarà tutto più semplice: dovete sapere che cinque anni orsono ho avuto l'onore di visitarla e vi giuro che quando mi si è spogliata nuda davanti ho rischiato a mia volta un infarto»

«Ama soggiornare su quest'isola dove possiede una villa sul lato opposto rispetto a dove siamo adesso, viene in incognito per rilassarsi lontana da tutto e tutti, di solito da inizio novembre a metà dicembre.

Era soltanto carica di stress e non feci altro che prescriverle una terapia a base di vitamine e calmanti, così lei mi lasciò il suo numero di telefono e ci tenemmo in contatto.

Spesso mi capitava di vederla, durante i suoi soggiorni sull'isola, voleva che la visitassi a domicilio e sapete com'è, non potevo certo astenermi»

Del Santo stava versando della sambuca in bicchierini minuscoli all'interno di ciascuno dei quali aveva riposto tre chicchi di mosche di caffè:

«Al giuramento di Ippocrate non si sfugge, vero Professore?»

Gli altri ridevano brindando, e Mastri si unì alla combriccola:

«Erano visite mediche tenente, cosa vuole insinuare?»

116

Il dottor Luca Bernardeschi reagì immediatamente:

«Sono pronto a scommettere che le visite domiciliari si svolgevano prima di cena e che saresti tornato al tuo ospedalino soltanto la mattina successiva, o magari mi sbaglio forse Professore?»

«Non sbagli Luca, poi però è iniziata la storia con Lucia e niente più visite a domicilio, è rimasta soltanto una cara amicizia, vi prego di credermi, mi aveva addirittura chiesto di sposarla e fortunatamente la mia età anagrafica mi dette una grossa mano nel riuscire a dissuaderla»

Del Santo stava scolandosi la seconda dose dopo aver rifatto il giro degli altri bicchierini.

«Diciamo che oltre all'età anagrafica ti vennero in soccorso anche quelle piccoline blu, o magari mi sbaglio anch'io Professore?»

Mastri dovette farsi largo tra le risate degli altri.

«Touché tenente, ogni tanto confesso che ho volato nel blu dipinto di blu, ma soltanto ogni tanto, un

117

attimo, mi sta chiamando al telefono, è proprio lei, un attimo di silenzio che inserisco il viva voce.

Pronto Cynthia, amore mio, grazie di avermi chiamato, allora per stasera siamo d'accordo su tutto?»

«Tutto confermato Errico, mi porto anche le mie tre amiche, grazie dell'invito sei sicuro che non succederà un grande casino?»

«Tranquilla tesoro, poi mi hai chiesto tu di essere invitata ricordi?

Piuttosto, chi sono le tue amiche?»

«Le tre più belle donne del mondo, Sandra La Pace, Anarosa De Vez e Christina Sebas, ti basta?»

«Vi faccio venire a prendere alle diciannove, fatevi trovare pronte, mi raccomando, okay Cynthia?»

«Okay Professore, ma non mi mandi neanche un bacio?»

Mastri si guardò intorno intercettando gli occhi sgranati dei tre uomini.

Il Professore lanciò tre baci distratti e consecutivi accompagnati da una smorfia, avvicinandosi alle labbra il telefonino e riattaccò subito dopo.

Gli altri tre si erano alzati e giravano intorno ai divani.

Francesco:

«Non è possibile Errico, sai di chi stiamo parlando?

Del meglio del meglio dell'universo femminile internazionale, c'è anche Anarosa De Vez, quella che sta facendo diventare cieca l'attuale generazione di adolescenti argentini»

Luca:

«E Sandra La Pace?

Stiamo scherzando per caso? Non me la fare trovare vicino o non risponderò di me, in tutti i sensi, tenetemela lontano!»

Del Santo:

«Ho diretto un servizio d'ordine quando Christina Sebas era ospite al Pitti di Firenze e vi garantisco che me la sogno ancora, e mi raccomando, silenzio

119

assoluto con Susanna altrimenti sono guai, spero di essere stato chiaro.

Cazzo!»

Capitolo 11

Il processo a Mastri - h 14,00

Mastri precedeva Antonio del Santo e Luca Bernardeschi, diretto dove gli era stato indicato da una signorina elegante quanto composta ed efficiente che aveva appena richiuso il portone:

«Primo piano, a destra e poi di nuovo a destra, vi stanno aspettando»

Dopo un cenno di ringraziamento i tre aggredirono le scale.

Le donne se ne stavano comodamente sedute sui divani, apparentemente tranquille, l'aria di tutta quella falsità mista a collera, risentimento e imbarazzo si poteva respirare da lontano, il Professor Mastri si fece avanti deciso, mentre gli altri due decisero di fermarsi sulla soglia.

Lucia se ne stava seduta a braccia conserte, era seria e dagli occhi minacciosi:

«Complimenti per la rapidità professore, è riuscito a raggiungere una paziente in appena quaranta minuti, cosa l'ha trattenuta nel frattempo?»

«A una domanda del genere non posso che rispondere con estrema franchezza.

Bene!

Innanzitutto, buongiorno a tutte voi, spero che vi stiate rilassando e che la noia vi stia ben lontana, veniamo al dunque, il mio ritardo è stato causato da un malessere, di quelli veri intendo, accadutomi non più di un'ora fa, una brutta notizia mi ha provocato un malore che si è trasformato in improvviso mancamento, ho perso i sensi e sono stato risvegliato dal Dottor Luca Bernardeschi, accorso insieme ad Antonio e Francesco che mi stavano cercando, visto che avevo disertato il pranzo»

Ora l'espressione di Lucia e delle altre si era fatta diversa, quell'uomo non sembrava affatto mentire.

«Vero anche che mi sono dovuto attardare, una volta

ripreso conoscenza ho ritenuto di dover spiegare i motivi della mia assenza al pranzo e della causa di quell'improvviso svenimento.

Una volta chiarito e salutato gli altri, mi sono precipitato ma il caramba e Rambo hanno preteso di seguirmi, visto che non si fidavano di farmi andare da solo, quindi eccoci qua.

Questo è soltanto il primo dei motivi, però.

Ora gradirei passare al secondo: credo di conoscere la mia Lucia piuttosto bene direi e se non sbaglio tra di voi c'è anche un medico, peraltro anestesista, quindi mi sono chiesto: per quale motivo allarmarsi per una semplice vertigine? Chiamare per un'urgenza tale da intaccare questo vostro meraviglioso e blindatissimo "buen retiro"?

O magari c'è dell'altro, qualcosa che abbia a che fare con elucubrazioni farneticanti di un manipolo di donne annoiate e sull'orlo di una crisi di nervi per il troppo dolce far niente?»

123

Sia Luca che Antonio si erano scambiati uno sguardo di imbarazzo condiviso.

Tra le donne la prima a parlare fu inaspettatamente Euridice.

«Professore scusi ma io la conosco soltanto di fama e la stimo tantissimo come già penso di averle ben rappresentato, non conosco però voi tutti proprio così bene e spero di non essere fuori luogo ma la prego di credermi, quello che ho ascoltato poco fa riguardo al suo atteggiamento mi ha offeso proprio dentro, come donna intendo, mi deve scusare ma personalmente non sopporto la mancanza di lealtà all'interno di una coppia e la sua posizione sociale, professionale e istituzionale non può fare altro che amplificare l'effetto della sua spregevole condotta.

Un elefante soltanto nel muoversi può provocare sicuramente più danni di una formica Professore, dovrebbe saperlo, scusi ma la penso così e mi dispiace tanto caro il mio pachiderma per quella che lei considera la sua piccola formica Lucia»

Mastri stava mascherando bene il suo sbigottimento e non si scompose più di tanto:

«Non so esattamente a cosa vuoi alludere Euridice, se non sbaglio avevamo deciso di darci del tu, ma se vuole rimettiamo subito le cose a posto.

Ribadisco il mio non avere inteso di tutte quelle sue allusioni riguardo alla mia persona ed in particolar modo faccio riferimento al rapporto che condivido con la mia cara Lucia, in compenso però posso essere sicuro di una cosa, quella sì.

Vede Dottoressa Siniscalchi, un elefante può non riuscire a schiacciare una formica, com'è altrettanto vero che un esercito di formiche può sicuramente aggredire un elefante e divorarselo, penetrando all'interno del suo stesso corpo.

Io per adesso ne vedo soltanto sei di formiche donne davanti ad un singolo elefante maschio però.

Forse siete ancora troppo poche, non crede?

125

Allora, chi è la prossima?»

La contessina Lucifero decise di esordire, anticipando le altre.

«Anch'io la conosco poco Professore, la sua fama la precede, ma quello che mi ha sempre rappresentato la mia migliore amica Gemma me la faceva collocare su di un bel piedistallo.

Lei ha tutto vero?

È un medico di fama internazionale, docente universitario e Professore emerito, Console Onorario, vanta frequentazioni esclusive, è molto ricco e da poco ha scoperto di essere padre, per aver ritrovato un figlio di cui non conosceva l'esistenza e stasera stessa presenzierà addirittura alle sue nozze, da lei così ben organizzate peraltro.

Ha una compagna straordinaria, da poco divenuta sua moglie, non so veramente se più bella che brava o viceversa.

Perché mentire proprio a lei Professore?

Chi si crede davvero di essere?

Superman?

O addirittura Dio per caso?

O soltanto, come in questo caso il solito buffone di turno, un misero fedifrago colto sul fatto?»

L'espressione delle donne si era fatta più sicura, mentre quelle di Luca e Del Santo un tantino più preoccupata, le stoccate della contessina erano state esplicite, dirette quanto inappropriate, ma la risposta del primario non si fece attendere:

«Sento il dovere di tranquillizzarla, gentilissima Contessina Virginia Paoli Lucifero.

La verità, signorina consiste nel fatto che mi si stanno rimproverando comportamenti equivoci che non mi pare di aver assunto, oltretutto nei confronti della mia amata moglie»

Ora il medico sembrava aver accusato un mancamento, tanto che fu costretto a mettersi a sedere, sprofondando inelegante sulla poltrona che

127

aveva accanto, prendendosi a massaggiarsi occhi e meningi, come suo solito, quando aggredito dal troppo stress.

Lucia si accorse immediatamente della cosa e istintivamente cercò invano di afferrare la mano del medico ma fu fermata dalla presa di Gemma.

Del Santo decise di intervenire.

Versò dell'acqua in un bicchiere e lo porse al medico:

«Bevi un po' d'acqua Errico, so bene a cosa stai pensando adesso e so altrettanto bene se tu ti sentissi davvero Dio in terra cosa vorresti che succedesse, o che non fosse proprio successo.

Mi riferisco al quel maledetto telegramma sai?

Ora bevi un po' d'acqua»

Mentre il professore svuotava il bicchiere le donne si guardarono tra di loro curiose: telegramma?

Mastri si era rialzato.

«La prossima?

Vuoi essere tu Gemma?»

128

«Visto che insisti direi di sì, posso essere io.

Mi dici come hai fatto a tradire Lucia e, con lei, tutte noi, per così tanto tempo?»

Mastri doveva rispondere e decise di farlo subito.

«Mi spiace averla delusa dottoressa Gemma Remedi Banti, le posso assicurare di non aver fatto niente di proposito, vero è che ho sempre creduto nelle libere scelte, che poi sono sempre state quelle che ho sempre adottato, assumendomene però sempre e comunque ogni singola responsabilità»

Di nuovo Lucia si mosse verso il suo Errico, ma di nuovo fu fermata per l'intervento questa volta di Azzurra.

Susanna sembrava la più calma:

«Lo capisci Errico che questa storia ci ha avvelenate tutte dentro?

Non penso di sbagliarmi nel ritenere che il mio Antonio e lo stesso Luca fossero al corrente della cosa e nessuno si è mai pronunciato con la propria

129

compagna, le cose brutte sono contagiose Professore, riescono a fare danni che neanche i forti terremoti sanno arrecare»

Il tenente Antonio Del Santo era divenuto rosso in viso:

«Ora il suo compagno cercherà di mantenere la calma carabiniera Susanna Gennaro, lo vede come sono bello tranquillo?

Allora, mi risponda altrettanto calma e più serena che può, senza agitarsi mi raccomando, perché come la pensi la pensi, lei porta dentro di sé una cosa che mi appartiene al cinquanta per cento e che io legittimamente pretenderei che venisse al mondo con serenità e in buona salute, quindi sono a chiederle, signorina Susanna Gennaro, può gentilmente rappresentarmi come ritiene di poter pensare che io possa avere avuto un qualche ruolo per l'oggetto di questo pazzesco quanto improvvisato e avvilente processo d'inquisizione nei confronti del professor

Errico Franco Mastri?

Me lo deve dire adesso signora, si prenda il tempo che vuole ma mi risponda perché ora io non mi muovo da qui finché non si è spiegata per bene, a costo di farci notte e mandare a fanculo la festa, gli invitati, i militari e tutto il matrimonio, voglio che mi risponda adesso e subito subito signorina carabiniera Susanna De Gennaro dei miei coglioni!

Lo voglio sapere adesso.

Cazzo!»

Il carabiniere aveva finito urlando.

Inevitabilmente Susanna prese a piangere e fu subito soccorsa da Euridice e da Gemma.

Luca prese a spingere il caramba infuriato nell'altra stanza incontrando assai resistenza, dovette intervenire il primario per sistemare le cose.

«Cerca di calmarti Antonio. Posso rispondere io a Susanna, non aggiungiamo troppa benzina al fuoco»

Così il primario si avvicinò a Susanna, le afferrò una

mano tremante e con l'altra le asciugò i lacrimoni.

«Stai tranquilla Susanna, il tuo Antonio non sa niente di questa mia storia a cui penso stiate alludendo, è stato messo al corrente soltanto mezz'ora fa, circa, insieme a Luca, posso giurartelo su quanto ho di più caro al mondo, ti prego veramente di credermi Susanna»

Dopo quelle parole la carabiniera mollò la presa del medico per stringere a sé Antonio.

Lui rispose alla presa senza forzarne troppo la stretta e con l'espressione costernata, pensava di nuovo:

«Le donne … cazzo!»

Azzurra sarebbe stata l'ultima a parlare, si era appena alzata spavalda e decisa, stava guardando dritta negli occhi il Professore:

«Come si chiama la sua donna sudamericana? Soledad per caso?

Perché non ha detto niente a Lucia? E soprattutto

perché ha deciso di sposarla?»

La solita Azzurra, pensò quasi orgoglioso il futuro suocero; ogni domanda un centro.

Ora Mastri aveva messo le tessere del puzzle al proprio posto, Lucia aveva intercettato gli ultimi due messaggi della sua ultima conversazione in chat con la piccola Soledad, ma evidentemente non aveva letto interamente.

Mancava una pagina, la prima.

Quindi verosimilmente sua moglie aveva concluso frettolosamente il contenuto dei messaggi, fraintendendoli.

Si sarebbe confidata con le amiche sentendosi dispiaciuta e tradita e tutte insieme avrebbero affilato i coltelli per difenderla, tutte alleate nell'intento.

Decise di non dare opportune e chiarificanti spiegazioni.

Non adesso almeno.

Nessuna di quelle donne se lo sarebbe meritato, e

soprattutto la sua Lucia.

Aveva anima e coscienza a posto ed erano state entrambe devastate appena poco prima dalla notizia della violenza sessuale subita dalla sua bambina.

Ora veniva processato da quelle sei donne, alleate e piene di acredine nei suoi confronti per qualcosa che non aveva mai commesso.

La cosa però strategicamente avrebbe avuto un senso, almeno per lui.

Se ne sarebbe dovuto andare per qualche tempo, come gli era stato ordinato dai vertici dei Servizi segreti e forse quanto appena successo avrebbe mitigato parte di quella immensa tristezza che avrebbe sicuramente percepito prima di abbandonare l'isola.

Avrebbe salutato sei donne in meno.

Decise però di ripagarle con gli stessi amari denari appena ricevuti in faccia:

«Si chiama Soledad.

E' sudamericana, sì.

134

Ci frequentiamo da anni, da prima che conoscessi mia moglie, alla quale non ho mai detto niente di lei perché mi mancavano certezze.

Ho sposato Lucia perché credo e sono convinto di amarla davvero, nonostante ciò che sta succedendo adesso.

Pensavo che la mia sposa avrebbe potuto accettare questa mia relazione, magari nel tempo a venire e pensavo anche che il suo ruolo di moglie l'avrebbe facilitata nel capire e nell'accettare il mio amore per Soledad, e che sicuramente avremmo potuto condividere insieme»

Lucia adesso era veramente fuori di sé.

«Sei impazzito per caso?

Ci siamo sposati pochi giorni fa, davanti al Papa!

Cazzo ma te lo ricordi o no Errico?

Cosa vuoi propormi con l'aiuto del tempo e grazie al mio nuovo ruolo di moglie?

Di condividere un rapporto a tre per caso?

Mio Dio!

Mi sembra davvero di impazzire»

Ora il Professore doveva raccogliere tutta quanta la sua autorevolezza per salire in cattedra, ma il suo telefonino prese a squillare.

Era René.

«Scusate tutti, un attimo di silenzio, mi sta chiamando il mio René.

Dimmi figliolo, sei in viva voce»

«Tutto bene pa'?

Come sta Lucia?

E tu come stai?

Mi ha detto Ernestina che non sei stato per niente bene.

Non è che per caso ci sono stati nuovi sviluppi e devi annullare tutto, vero?

Sono veramente spaventato, è lì con te Azzurra?

Scusa ma anche Gualtiero e gli altri si sono preoccupati, hai risolto o dobbiamo andarcene tutti pa'?»

Il medico rivolse uno sguardo durissimo verso le donne che cominciarono ad annuire, una dopo l'altra, in segno di resa rassegnata.

«Tutto a posto René, ci sono ancora un paio di cose da limare ma penso proprio che stasera vi sposerete, contento?

Ci vediamo più tardi figliolo, ora devo finire di parlare dei dettagli, poi ti dico»

«Okay, ciao pa', a dopo allora»

«Ciao René»

Il Professor Mastri ora era diretto alle donne:

«Signore care, la vogliamo annullare questa cerimonia o la vogliamo celebrare come si deve?»

Azzurra non ci vedeva chiaro:

«Certo che la vogliamo celebrare, ma a quali dettagli faceva riferimento, Errico?»

Mastri poteva trarre il dado finalmente:

«Stasera sarà presente un'amica sudamericana, non la

conoscete ma penso che per voi sia famosa ormai, si porterà delle amiche, tra loro inclusa una vecchia conoscenza di Antonio Del Santo.

Ha insistito per essere invitata, e non ho potuto dire di no.

Se mi promettete che non succederanno casini, tipo zuffe, scenate, risse, litigi e sceneggiate allora festeggeremo le nozze.

Viceversa, annullo immediatamente tutto quanto.

Sono stanco di tutto quello che mi sta accadendo intorno e le vostre farneticazioni non aiutano affatto nel migliorare il mio stato d'animo.

Pensavo, ma forse con il senno di poi, dopo aver pazientemente ascoltato i vostri deliri, anzi soltanto speravo, che tutto accadesse per bene e in serenità, ma a quanto pare le dosi quotidiane di veleno che devo ingerire da un po' di tempo a questa parte continuano ad essermi somministrate con micidiale efficacia da parte di ciascuna di voi.

Ora posso finalmente comunicare a tutti che da parte mia la misura è colma!

Stavo per andarmene in pensione finalmente, ve lo ricordate?

Voi e gli altri! Siete venuti tutti a cercarmi, ognuno con i propri impellenti motivi e ho cercato di farmi in quattro per tutti.

E ora mi processate!»

Gemma era di nuovo fuori di sé.

«Questo è un vero e proprio ricatto Errico!»

Susanna si fece avanti timidamente:

«Errico, cosa intendevi quando hai detto che una delle amiche della sudamericana conosce il mio Antonio?»

Il tenente intervenne pronto:

«È una storia vecchia Susanna stai tranquilla, neanche ti conoscevo, magari poi ti spiegherò»

Gemma era di nuovo fuori testa:

«Luca!»

Il Seal rispose deciso:

139

«Le conosco tutte e quattro Gemma, mi spiace ma è così, e ti dirò di più, sono veramente uno schianto, te lo posso assicurare»

Ora la situazione sembrava davvero ingestibile.

Mastri emise un fischio lungo e potente, cosa inconsueta per il luminare.

«Basta così accidenti!

Se mi promettete di digerire il rospo bene, altrimenti torno all'hotel e mando davvero subito tutti a casa!

Mettiamola così: non dovrete fare altro che far finta di niente per un paio d'ore, celebriamo le nozze e domani cara Lucia potrai anche chiedermi il divorzio!

Tra un minuto me ne vado via!»

Era davvero salito in cattedra, tanto che a Lucia prese un brivido lungo la schiena, quasi avesse percepito qualcosa di veramente brutto e trasversale da parte del suo grande amore:

«Voi uomini andate nell'altra stanza, noi donne ne parliamo un attimo e poi vi faremo sapere»

Non appena richiusa la porta alle proprie spalle i tre uomini decisero di non parlarsi, l'espressione di ciascuno di loro non era non affatto serena.

Mentre Mastri era girato verso il mare cercando un minimo di distrazione consolante, Luca e Del Santo si guardavano l'un l'altro preoccupati.

In vita loro non avevano mai visto il Professore così agitato.

Euridice dopo aver bussato invitò i tre a presentarsi di nuovo nel salone.

Gemma stava per emettere la sentenza:

«Il matrimonio si farà e nessuna si noi si comporterà in maniera inopportuna, non appena finita la cerimonia e i festeggiamenti di cornice però, ognuno a casa propria, abbiamo deciso di anticipare la partenza per questa notte stessa, appena prima dell'alba.

Resta inteso che a partire da domani ciascuna di noi adotterà le proprie scelte personali nei vostri riguardi»

Il Mastri si finse curioso:

«Posso chiedere a quali scelte alludi Gemma?»

Fu Lucia a rispondere:

«Sbaglio o sei stato tu il primo a parlare di divorzio Errico?»

Mastri riuscì a non sbottare del tutto:

«Ricordi quel Brano di René che ci ha fatto ascoltare Azzurra?

Ebbene, se deciderai così puoi pure ascoltarti quello! Tu e le tue amiche!»

«Di quale brano stai parlando Errico?»

«Il titolo è "E viva Gesù", Lucia! Non ti preoccupare, se è quello che vuoi sarai accontentata!»

L'eco di accontentata si sparse per tutta la Reggia della Lucertola e sembrava continuasse a riecheggiare all'interno.

Le bocche delle donne restarono aperte.

La porta fu richiusa sbattendo rumorosamente e i tre si avviarono verso le scale.

I due non avevano mai sentito il Professor Mastri urlare in quel modo.

Capitolo 12

Il piano di Mastri

Mastri era assorto.

Se ne stava seduto in terrazza da solo, tra poco avrebbe dovuto comunicare con persone importanti e i pensieri che lottavano nella sua testa da un po' di tempo facevano a cazzotti tra loro.

Era come se, brancolando nel buio all'interno di un tunnel oscuro senza poter tornare indietro, vista l'incombente minaccia della bestia nera che lo assillava, inseguendo sia lui che gli altri, fosse alla disperata ricerca di quel minimo lontanissimo bagliore di luce che indicasse la direzione esatta e che ne confermasse quantomeno una sola via di fuga verso una speranzosa salvezza.

Aveva bene in mente cosa fare da tempo ed era soltanto questione di mettere tutto in ordine ma non era affatto facile.

Troppi fatti lo vedevano coinvolto, insieme alle responsabilità derivate dalle scelte fatte e ancora da fare.

Mancava poco però, assai poco, e si sentiva stanco e nonostante si fosse riproposto di stringere i denti come non mai, aveva la netta sensazione che le forze a cui si appellava disperatamente da troppo tempo, presto sarebbero venute meno e allora forse sarebbe stata davvero la fine di tutto.

La video conferenza di quella mattina non avrebbe promesso niente di buono ma quanto meno sarebbe forse servita per sgombrare il campo da qualche inevitabile quanto ingombrante e pesante dubbio ancora da svelare.

L'ammiraglio Andrea Niccolò Salvetti fu il primo ad apparire:

«Professore Mastri buongiorno, so che ne ha passate di tutti i colori ultimamente ma mi creda, penso che sia arrivato il momento di chiarire alcune cose e la

145

prego di prestare la massima attenzione, cercheremo di essere più sintetici possibile, considerata la delicatezza degli argomenti da affrontare, la loro riservatezza e il ristrettissimo tempo che abbiamo a disposizione.

Ritiene di essere pronto Professore?»

«Sono pronto Ammiraglio, prosegua pure»

«Tra poco appariranno in video altri personaggi, il Sottosegretario al Ministero della Difesa, il Capo di Stato Maggiore dell'Esercito, un funzionario statunitense della NCIA e infine un magistrato della DIA italiana, giusto per verbalizzare il tutto.

Pura burocrazia Mastri.

Prima però noi due da soli dobbiamo inevitabilmente scambiarci qualche confidenza Professore, riguardo a quanto mi ha accennato mediante corrispondenza diplomatica e segretata.

Quindi saremo soltanto io e lei ancora per qualche minuto, io mi limiterò a farle alcune domande veloci e la pregherei di rispondermi altrettanto rapido in modo sintetico ma allo stesso tempo esauriente.

Vuole proseguire o rinunciare?»

«Grazie della franchezza ammiraglio, può proseguire e registrare quello che vuole, io sono pronto»

«Lei è il solo ad essere in possesso di quella cosa?»

«Assolutamente sì»

«Altri ne sono al corrente?»

«Del possesso sì, del contenuto no»

«Lei lo ha letto quel contenuto Professore?»

«Assolutamente sì, Ammiraglio»

«Può consegnarmelo?»

«Non del tutto»

«In che senso non del tutto? Si può spiegare meglio?»

«Una parte dei dati, diciamo che potrebbero essere andati perduti durante il trasferimento»

«Allude ad una qualche sua assicurazione sulla vita per caso?»

«Ha fatto centro ammiraglio!

147

Non solo sulla mia aggiungo, ma di tutte le persone che sono state coinvolte in questa brutta storia e che ho intenzione di tutelare»

«Bene Mastri, complimenti per il suo altruismo, allora mi conferma la sua determinazione nel procedere come d'accordo?»

«Confermo tutto Ammiraglio»

«Lei è davvero consapevole di tutte le conseguenze Dottore?»

«Assolutamente sì»

«Che garanzie posso avere affinché il resto delle informazioni non vengano divulgate?»

«Nessuna!

Lei faccia solo che una soltanto delle persone care che mi circondano, come dice lei, ricevano un solo graffio e la giornalista Lucilla Loggia pubblicherà tutto in diretta tv e non solo nazionale, ha presente una cosa tipo WikiLeaks per caso?

Moltiplichi pure per mille, Ammiraglio!»

«Ricevuto Professore, riguardo all'esca è davvero così sicuro che funzionerà?»

«Assolutamente sì, e potrà verificarlo di persona domani stesso, qui su questa isola, quando farò scattare la trappola»

«D'accordo Professore, la conversazione che sto registrando può ritenersi conclusa, adesso interverranno gli altri per le dovute comunicazioni, scusi ma aspettavano soltanto il mio nulla osta»

«Sono pronto Ammiraglio, tanto ci vedremo domani ore quindici o sbaglio?»

«Ore quindici professore, ora mi lasci parlare con gli altri, lei dovrà soltanto presentarsi e salutare, dopo aver riferito di aver preso i necessari accordi con me»

«La saluto Ammiraglio»

«A domani Professore»

Capitolo 14

Medium

Qualcuno stava bussando alla porta della sua stanza e il medico dovette alzarsi per aprire, visto che si era chiuso dall'interno.

Erano René e Gualtiero, suo figlio era visibilmente emozionato:

«Allora sei davvero deciso papà?»

«Sì René e ti prego di mantenere il massimo riserbo, posso fidarmi anche di te Gualtiero?»

«Certo Professore, però René mi ha condotto qui per scusarmi con lei»

«E di che cosa dovresti scusarti con me Gualtiero? Scusa ma sono davvero curioso, accomodatevi intanto, prendo qualcosa da bere e sono subito da voi»

Ora se ne stavano sul divano con una lattina di limonata da sorseggiare e fu René a rompere il ghiaccio:

«Io e Gualtiero siamo stati un po' insieme, subito dopo l'incontro sulla spiaggia e devo ringraziarti anche di questo pa'.

Lui non è ancora affatto al cento per cento, mentalmente intendo, è ancora molto confuso, diciamo che è riuscito a ricostruire un buon venti per cento del suo trascorso vitale ma fortunatamente il consulto con Malatrasi mi ha rincuorato.

Se continueremo a sollecitarlo, i progressi della sua ricostruzione psicologica riguardo al passato saranno lenti ma quotidiani e sempre più accelerati, le sue sinapsi devono essere foraggiate dalla produzione di endorfine, così ha detto»

«Sono Assolutamente d'accordo con il Professor Daniele Malatrasi, René, mi ha riferito di quella sua visita medica, c'è dell'altro o sbaglio figliolo?»

«Effettivamente sì, papà, veramente non so da dove cominciare ma ci provo.

Da quando si è risvegliato dal coma Gualtiero ha

151

cominciato ad avvertire delle strane sensazioni, roba che gli frulla in testa intendo, sognava molto, scriveva in continuazione di cose mai sapute prima e peraltro poi riscontrate esatte.

Frammenti di equazioni matematiche, formule chimiche, storie avvenute in epoche diverse, con tanto di luoghi, date, nomi e cognomi.

All'inizio se ne era spaventato e cercava di rifiutare con tutto sé stesso tutti gli input che lo aggredivano notte e giorno, poi anche grazie ai preziosi consigli di Euridice ha imparato a conviverci»

Il ragazzo porse al primario un paio di auricolari:

«Ascolta bene pa': quando ho chiesto a Gualtiero come aveva conosciuto Euridice mi ha fatto sentire questa cosa, devi sforzarti un attimo per capirla ma questo adesso è il suo modo di comunicare e interagire, sono convinto che vista la tua mente potrai intercettare al volo chi veramente Gualtiero è, come si esprime e come possiamo interagire con lui.

Pronto papà?»

Il medico si accese una sigaretta, indossando per bene
i due auricolari:

«A.A.A.

Se qualcuno vuole visitare il mio albergo ...

Siccome non ho clienti

Non ho molte camere, una decina in tutto

*Sono solo delle stanze con i servizi igienici da
rivedere, anche se funzionano*

*Ho levato i numeri dalle porte e si vedono i fori delle
viti delle targhette tolte*

*Per me - quei due piccoli fori - rappresentano la
memoria delle stanze*

Va bene così

Ho realizzato che i numeri non mi servono

Tanto le camere le conosco e me le ricordo bene

Mi capita di dormirci, anzi di cercare di dormirci, e cambio camera ogni notte

Ieri notte ero nella ex 1, ora la stanza delle delusioni e stanotte magari chissà, sarò nella ex 9, quella dei ricordi

Domani forse toccherà alla ex 5, la camera dei dolori che veramente è una suite, essendo collegata con la ex 6, quella dei bei tempi

Raramente scelgo la stanza rossa, la ex 2, quella delle illusioni

Nella 3 mai, quella degli amori, non è neanche pronta, tanto resta deserta comunque

Nella ex 7, la camera della musica non si può, ho perso la chiave da un po'

Nella passata 4 poi, quella che chiamo "dei quattrini" non ci sono neanche gli arredi

Quelli ne sono andati insieme con l'ufficiale giudiziario, così sulla porta ho scritto "bagno rotto"

Poi la ex 8, la camera delle speranze ... niente da fare, vetri rotti e niente riscaldamento

La lascio così

Allora stanotte cercherò di dormire sul divano davanti al bureau del mio piccolo, triste e sgangherato hotel

Tanto dormo poco e tanto come al solito non arriverà nessuno

L'atmosfera non mi comunica abbastanza tristezza, quindi ci carico su un vinile di Chet Baker, qualche candela e vino rosso

Niente tristezza, piuttosto consapevolezza, come se il fatto di averla provata più volte mi avesse gentilmente stancato, come dei jeans logori da buttare

Panta rei ...

Parte la bellissima tromba e vado di vino

Qualcuno entra ...

Qui da me non entra nessuno da anni ...

Lei, sorriso e fuma:

155

"Ha una camera per stanotte?"

*Esito un attimo prima di rispondere, la tromba di
Chet sta ricamando fantastiche trine di seta*

Mi decido:

*"Se vuole del vino, ne parliamo, poi magari
decidiamo di dare un nuovo nome a una camera ... e
se vuole può decidere se restare ..."*

Lei non esita un attimo:

*"Prendiamo del vino e parliamo ... Mi sa' che mi
fermerò per sempre ... Cosa ne pensa?"*

... Ti stavo aspettando»

...

«Ecco pa'.

Questo è quanto.

Devi sforzarti per capire, hai raccolto qualcosa?»

«Ho raccolto René, più di quanto tu possa
immaginare, Gualtiero ha descritto il loro incontro

156

come se avesse dipinto un quadro astratto, credo di aver perfettamente inteso tutto quanto avesse voluto rappresentare, in una dimensione diversa ma autentica, fantascientifica, simbolica e onirica, maledettamente comunicante.

Ritengo che Antonio Del Santo ci avrebbe aggiunto un bel "cazzo" dei suoi!»

«Infatti, pa, ora però arrivano le note dolenti, pensi di essere pronto?»

«Di nuovo figliolo? Pronto per cosa?»

«Gualtiero ha qualcos'altro dentro di sé, penso abbia a che fare con un medium, boh!

Non so come descriverti come è successo ma ci provo:

Eravamo seduti per terra, in camera mia, con le spalle appoggiate al letto, io cercavo soltanto di raccontare tutto quanto mi era accaduto da quella volta che credevo mi fosse morto tra le braccia e quando ebbi finito lui mi mostrò quello che aveva appena scarabocchiato mentre mi ascoltava»

Il ragazzo porse un foglio al padre che restò sbalordito nel leggerne il contenuto:

"Fiori per Soledad e lacrime tante ha speso la piccola"

Il disegno sottostante la scritta riproduceva il primario chinato verso la bambina intento ad accarezzarla.

Quella cosa era avvenuta veramente ben sei anni prima, quando Mastri, la sola ed unica volta riuscì a conoscere Soledad, aveva ancora la foto in bianco e nero, scattata dal padre della bimba con una Polaroid e che il primario portava sempre con sé, nel suo portafoglio.

Il medico si alzò dalla poltrona tenendosi stretto il foglio in mano e una volta raggiunta la scrivania a lato della porta d'ingresso ripescò la piccola foto contenuta tra soldi e documenti e accostò l'uno all'altra.

La fotografia era identica al disegno, anche se in scala diversa.

Come era potuta accadere una cosa del genere?

Mastri decise di smettere di pensare e piuttosto invece realizzò che magari fosse il momento di agire, quindi afferrò il suo notebook e una volta acceso selezionò una cartella per comandarne l'apertura, l'icona rappresentava il titolo:

"Mi Soledad"

All'interno vi era contenuta la documentazione riguardo a tutti quegli anni di adozione a distanza, di fotografie inviate per posta, di letterine, di istanze giudiziali di adozione, di dinieghi da parte del tribunale e rapporti epistolari, una piccola tragica storia, con inclusa la fotografia dell'ultimo telegramma che anche se sanciva l'avvenuto nulla osta per l'adozione avrebbe comunicato anche la violenza subita dalla bambina.

159

Il primario porse il pc a Gualtiero, guardandolo negli occhi con i suoi, già umidi e arrossati.

L'altro afferrò il pc e prese a smanettare, veloce, poi si rivolse un attimo verso René:

«Why, René?»

«Why, Gualtiero»

Padre e figlio decisero di lasciare quella specie di medium negromante alle prese con le emozioni e decisero di condividere una sigaretta in terrazza.

«Può sembrare un gioco di parole ma che cosa voleva dire quel "Why" René?»

«A un certo punto, mentre lui stava finendo di disegnare, mi ha chiesto di suonare qualcosa con la chitarra ma che avrei dovuto inventarmi, insomma, avrei dovuto creare una melodia lì per lì, e così ho fatto o almeno, ho cercato di fare, stasera la carico su YouTube, il titolo del brano non sarà però "Why" ma "Soledad", le cose vanno messe al loro posto, non credi pa'?»

«Me la puoi fare ascoltare René?»

«Sì, ma ad una condizione Professore: mi deve garantire che si lascerà andare al pianto dopo avermi abbracciato, niente autocensure stavolta, intendo dire»
In quel preciso istante Gualtiero li aveva raggiunti sulla terrazza, aveva appena finito di creare un breve video dove si avvicendavano fotografie sbiadite, copie di documenti e qualche frammento di otto millimetri semi sfocato girato da lontano, in bianco e nero, la musica di "Soledad" lo accompagnava.

Capitolo 15

Clinica Villa Rosada

Stavano aspettando l'arrivo di Pedro Solinas, il direttore, come amava definirsi.

Il primario Rosamiro Benitez aveva abbandonato il grande tavolo, si era alzato dalla sua poltrona e adesso se ne stava in piedi, osservando il vicedirettore con ancora il tagliacarte conficcato sotto il mento.

Torres interruppe il silenzio:

«Che ne dici professore, possiamo ricavarne qualcosa?»

Il medico rispose, tenendosi le mani nelle tasche del camice, senza distogliere lo sguardo dal cadavere:

«Pensavo alla stessa cosa, se ci sbrighiamo penso che almeno per cornee, reni e milza forse ce la facciamo, diciamo novantamila dollari in tutto, da spedire con il trasporto di stasera insieme agli altri espianti»

L'altro:

162

«Che cosa stai aspettando allora? Chiama qualcuno al reparto e fallo portare via da qui subito!»

Mentre il primario dava disposizioni al telefono il Torres continuò:

«Della segretaria cosa mi dici? Possiamo fidarci o ci facciamo altri soldi anche con lei?»

Il medico non appena finito quelle brevi disposizioni con espressione imperturbabile premette un tasto sul mini centralino telefonico abilitando l'interfono:

«Puoi venire subito qui, Betty?»

La bella segretaria fece il suo ingresso nella sala riunioni subito dopo, efficiente e scattante, come al solito.

«Mi dica, Professore»

Decise di parlare Torres,

«Ha preparato il caffè per qualcuno prima del mio arrivo, signorina?»

«No, signore, se vuole venire a vedere la dinette è in perfetto ordine e non c'è alcuna tazza sporca»

«Ha visto entrare qualcuno oltre a noi quattro, signorina?»

«No, signore, me lo ricorderei molto bene»

«Quante persone ci sono in questa stanza in questo momento signorina?»

«Oltre a me altre quattro, signore, non vedo altra anima viva»

Quell'ultima risposta piacque molto al bandito tanto che le scappò un sorrisetto:

«Ha per caso impegni per stasera a cena signorina Betty?»

«Veramente sì, signore, avrei un appuntamento con mio padre, il qui presente primario Rosamiro Benites. Ora posso andare?»

Il medico le fece cenno di sì mentre tre infermieri e due medici stavano entrando nella stanza silenziosi, diretti verso il Vicedirettore disteso per terra.

Uno dei medici si avvicinò con deferenza al primario al quale sussurrò all'orecchio:

164

«Por la causa de muerte Profesor?»

«Ataque al corazòn. tomar corneas, riñones y bazo, luego incinerarlo (*attacco cardiaco, prelevate cornee, reni e milza, poi cremate il corpo*)»

Mentre la barella lasciava la sala riunioni insieme al personale medico entrò il Direttore Dottor Pedro Solinas:

«Ho fatto prima che potevo, esordì dopo aver gettato un'occhiata veloce al cadavere del suo vice»

Torres:

«Mettiti a sedere dove si trovava il tuo amico!»

L'uomo eseguì lentamente, si sistemò seduto, chinò la testa e si mise a mani giunte con gli occhi chiusi con i gomiti appoggiati sul tavolo, sembrava pregasse.

L'altro lo rassicurò:

«Smetti di pregare che tanto almeno per adesso ho deciso di non ammazzarti con le mie mani, come dovrei»

Un suo violento ceffone raggiunse Pedro Solinas alla

nuca, scarruffandone l'acconciatura imbrillantinata.

«Ho detto che devi smettere di pregare!

Non mi hai sentito per caso?»

«Adesso ascoltami bene!

Primo: per quest'anno i tuoi compensi saranno dimezzati rispetto allo scorso anno, così avrai imparato la lezione.

Secondo: hai trascurato la gestione riguardo all'apertura dei tre nuovi acqua park per i quali ho già sborsato più di tre milioni di dollari.

Terzo: assicurati che le pratiche edilizie per il nuovo ampliamento di questa clinica siano approvate entro fine mese, altrimenti riferisci pure al Sindaco che andrò a trovarlo di persona e senza appuntamento.

Hai capito bene testa di cazzo?

Adesso levati dalle palle che mi hai fatto perdere anche troppo tempo.

Ultima cosa, aveva per caso parenti quel tuo Vicedirettore?»

«Nessun parente Torres, non lo avevo scelto a caso»

«Almeno una cosa giusta l'hai fatta.

Ora vattene subito fuori di qui!»

Il direttore Pedro Solinas abbandonò mesto e silenzioso la sala riunioni accennando un veloce sguardo di commiato agli altri tre uomini che impassibili non reagirono.

Capitolo 16

Il divorzio e l'imbalsamatore di maiali morti

I tre erano finalmente giunti di nuovo in hotel e stavolta non dovettero fermarsi al check-point dei marines all'ingresso.

Erano transitati liberamente e salutati dai militari mentre se ne stavano comodi a bordo del loro Humvee che adesso Luca aveva parcheggiato davanti l'hotel, invitando un efficiente autiere americano di riprenderne possesso.

Mastri:

«Grazie di tutto, adesso devo fare delle telefonate e incontrare delle persone arrivate qui appositamente per me, fate pure quello che dovete fare, diciamo che ci vediamo tra un paio d'ore, verso le diciassette, qualora foste d'accordo, avrei delle cose molto importanti da dirvi, se potete avvertire anche tutti gli altri della nostra bella comitiva sarà anche meglio, d'accordo?»

Sia il tenente Del Santo che Luca annuirono apparentemente non incuriositi, bastò uno sguardo tra di loro, subito dopo aver ascoltato le parole del primario che si stava avviando verso l'ingresso dell'hotel, dando loro le spalle.

Il carabiniere:

«Rambo, sento odore di grande casino o è soltanto la mia impressione?»

Luca:

«Ritengo che grande casino sia un tantino limitativo caro mio, se è vero che conosco così bene quell'uomo indipendentemente da ciò che possa proferire, alludo anzi alla sua espressione facciale, direi che dobbiamo prepararci ad una grande vagonata di merda che sta per arrivarci addosso»

Il carabiniere:

«Facciamoci almeno un cazzo di birra no?

Troviamoci al bar dell'albergo tra venti minuti, mi

devo fare una doccia.

Rambo:

«Piuttosto, Antonio, ma allora ti lavi davvero!

Il tenente:

«Vaffanculo Luca, ci vediamo dopo, cazzo!»

Il primario aveva appena terminato una doccia di cinque minuti e si stava asciugando quando fu costretto a rispondere alla chiamata, era il suo amico avvocato Domenico Petri:

«Ciao Domenico, dimmi tutto»

«Ciao Errico, puoi dedicarmi qualche minuto?»

«In verità non molti, ti confesso, ma dimmi pure, sei riuscito a fare quanto ti ho chiesto?»

«A tempo di record Errico, ho il documento davanti a me redatto e pronto per inviartelo via mail, ma da parte mia è necessario quantomeno un temerario tentativo al solo fine di proporre ad entrambi almeno un necessario singolo tentativo di riconciliazione, prima di procedere poi sulla strada di un'amichevole composizione, proponendo una proposta unilaterale da parte tua, tra l'altro.

Si tratta di mera deontologia professionale Errico, cerca di capirmi»

«Ti capisco perfettamente Domenico, quindi ti esorto formalmente nel cercare di tentare di dissuadermi ma sappi che subito dopo rifiuterò il suggerimento velleitario e procederò come ti ho già illustrato, dimmi tutto»

«Vi siete sposati da pochi giorni, in Vaticano e di fronte al Santo Padre, come ritieni che possa reagire Sua Santità?»

«Il Pontefice è già stato messo al corrente avvocato, quindi prosegua»

«Nella liquidazione nei confronti del coniuge, in questo caso alludo a Lucia Bedini, hai disposto il trasferimento a suo favore del villaggio turistico di tua proprietà in Costa Smeralda, a "cancello chiuso", tutto il complesso, quindi albergo, strutture accessorie,

171

terreni ed appartamenti inclusi, giusto?»

«Esatto Domenico, c'è altro?»

«Non essere cinico con me Errico! Sappiamo entrambi del valore di mercato del cespite, così come siamo perfettamente al corrente della sua rendita annua!

Francamente mi sembra eccessiva come liquidazione.

Hai pensato inoltre che così facendo sottrarrai a tuo figlio René il beneficio di succedere?»

«Non se sarà adottato da Lucia, Avvocato»

«Stai scherzando Dottore?», incalzò.

«Quella sarà prima di tutto incazzata come una tigre, poi quando si accorgerà di essere stata abbandonata, divenuta improvvisamente ricca e messa in un angolo come neanche succede ad una collaboratrice domestica senza neanche i lapidari otto giorni istituzionali, puoi stare certo che ti scatenerà addosso una serie di liti giudiziarie che neanche ti puoi immaginare, figuriamoci se avrà la minima intenzione di adottare il tuo René.

Per lei tuo figlio René sarà ritenuto morto insieme a te.

Pura vendetta femminile.

Cerca di credere alla mia trentennale esperienza e magari perdonami la franchezza Errico»

«Era soltanto una battuta, amico mio!

Ho messo in conto tutto Domenico, ora però prima di lasciarti te lo devo chiedere: sei riuscito infine a mettere le cose nero su bianco?»

«Te lo sto mandando via pec in questo preciso istante Errico, anzi, ecco fatto!

Sono sicuro che ti pentirai amaramente di questa scelta, perdonami di nuovo ma purtroppo la penso proprio così»

«Non sei soltanto un Avvocato, Domenico, sei anche mio amico, ricordi?»

«Ricordo perfettamente Professore.

È soltanto grazie a te che sono ancora vivo, non so se

173

ricordi di quando mi prendesti con le pinze dodici anni fa, quando arrivai spacciato e di notte al pronto soccorso e tu arrivasti di corsa»

«Lo rifarei di nuovo Domenico, sei una bella persona, questo ci tenevo a ribadirtelo, ti mando un abbraccio e scusa per l'urgenza di quanto ti ho chiesto, piuttosto allegami anche la tua parcella, prima di dissolvermi vorrei chiudermi tutte le mie pendenze attorno»

«Non dica cazzate Professore. Nessuna parcella. Piuttosto quando ritornerai vedi di passare per Roma, io e la mia famiglia non vediamo l'ora di rivederti»

«Non sarà facile purtroppo Domenico, ti prego di credermi, non so davvero se potremo mai più rivederci»

«Allora la cosa è così davvero tanto grave?»

«Più di quanto pensi avvocato, spero di sopravvivere e raccontarti tutto di persona un giorno, ora però ti devo proprio lasciare, beccati un grande abbraccio amico mio»

«Ciao Errico, abbi cura di te»

Non appena scese le scale il primario si diresse verso il bureau dell'hotel, si impossessò del computer e una volta scaricato il documento inviato dal suo legale se ne stampò due copie, una da trattenere per sé, l'altra da consegnare a Lucia, subito dopo averla firmata.

Non appena fuori, notò le spalle di due persone che se ne stavano sedute, si trattava di un uomo e di una donna, ai loro lati due sagome di cui non riuscì a distinguerne foggia e sostanza.

Erano le spalle di Carlo Artina, appena arrivato sull'isola, con accanto la bellissima Cynthia Camdell.

I due si alzarono una volta che il primario si fece loro incontro, il primo abbraccio fu tutto per Carlo che sentenziò il suo solito:

«Ciao Frank»

Il secondo toccò a Cynthia.

«Come mai qui signorina Camdell?»

«Non sono affatto tranquilla Professore, volevo

vederla anche soltanto per qualche minuto, e visto che lei è sempre così impegnato ho deciso di venire io a trovarla, mi sono seduta qui fuori dove ho incontrato questo simpatico signore, l'imbalsamatore di maiali morti, il suo amico d'infanzia»

Mastri non riuscì a celare un sorriso mentre il suo sguardo si incrociava con quello del suo caro amico, imbalsamatore di maiali morti, ma come faceva a raggiungere certe vette?

L'altro strizzò l'occhio sinistro in maniera del tutto impercettibile, mentre versava una flûte di prosecco al suo Frank, subito dopo aver riabboccato quello della top model.

Sebbene lei indossasse una semplice tuta da ginnastica di colore grigio chiaro, avesse i capelli raccolti e senza trucco pareva al medico ancora più bella dell'ultima volta che si erano visti.

«La tua bellezza è veramente imbarazzante Cynthia, lo sai?»

«Grazie Professore, mi hai appena detto le stesse cose che mi ha riferito il tuo amico imbalsamatore, prima che tu arrivassi Errico»

Dopo il brindisi il primario non poté fare a meno di chiedere all'Artina il perché di quelle due enormi statue di ceramica policrome, riproducenti un leopardo e un ghepardo, entrambi seduti e posizionati ai lati dei tre, sullo stesso scalino dove erano seduti assieme.

«Sono i regali nuziali del capo rom Mirko Dragovic, uno è per René e l'altro per Azzurra, mi ha dato anche un cofanetto pieno zeppo di roba d'oro, anelli, braccialetti e quant'altro, questa volta per entrambi gli sposi, che ho depositato nella cassaforte dell'hotel, al mio arrivo.

Ho dato una sbirciata al contenuto, sarà bene che tu dica ai tuoi ragazzi di far fondere tutto quanto, su molti dei gioielli ci sono date e dediche che niente hanno a che fare con loro, non so se mi capisci,

Errico»

Mastri si mise a ridere e riuscì a contagiare l'amico, la donna invece guardava quei due curiosa, non capiva esattamente da dove sarebbe scaturita tutta quella loro complice allegria.

«Scusate ma devo proprio andare, Carlo ti prego, spiega tu a Cynthia il motivo delle nostre risate, raccontale pure di quanto successo al campo rom, almeno non si sentirà presa in giro addebitandoci il suo imbarazzo e ti prego: dille qualcosa anche di te.

Di vero intendo … Imbalsamatore di maiali morti!»

Dopo due abbracci veloci il primario dovette lasciarli lì dov'erano. Carlo versò di nuovo da bere e prese a parlare, prendendo per mano la donna, che acconsentì docile e sorridente, a Mastri non sfuggì quel particolare e mentre se ne andava, dando le spalle questa volta lui, a quei due, gli capitò di sorridere di nuovo:

"imbalsamatore di maiali morti"

Capitolo 17

La trappola

Il professore era diretto verso il boschetto più in basso, subito dopo il campo da golf, durante il tragitto decise di richiamare la dottoressa Lucilla Loggia, alla quale non aveva potuto rispondere prima.

«Finalmente Professore, è più facile parlare con il Presidente degli Stati Uniti che con lei»

«Ciao Lucilla, scusa ma ho poco tempo, credimi»

«Come al solito Errico, la cosa non mi sorprende affatto!» sorrise lei.

«Comunque, era soltanto per dirti che la mia troupe sarà da te nel giro di mezz'ora, vedrai che filmeranno tutto alla perfezione, oltre all'elicottero possiamo contare su quattro droni e cinque telecamere, ti ho mandato sei operatori in tutto, regista incluso.

Per vitto e alloggio ci pensi tu vero?»

«Certo Lucilla, devono solo presentarsi in hotel e

chiedere di Ernestina, più tardi poi parlerò con loro per il programma.

Posso essere sicuro che non sarà pubblicato fino a quando non ti darò il via?

Me lo puoi confermare di nuovo per cortesia?»

«Assolutamente Errico!

Non appena ricevuto il girato provvederò io a far eseguire il montaggio, per le colonne sonore contatterò René, come da accordi.

Quando sarà il momento, appena mi darai conferma, lo manderemo in onda, come promesso, ricordi?

Pensa che avrei già trovato gli sponsor, sto parlando di un sacco di quattrini, siamo già sui due milioni di euro, penso che alla fine riuscirò a farteli raddoppiare Professore, dove te li devo fare accreditare, Errico?»

«Ti manderò le coordinate bancarie stasera, prima della mia partenza, non ti sorprendere, non è altro che la sede di una minuscola parrocchia in Messico, prima però dovrò avvertire Don Rodrigo Melas, il sacerdote che gestisce le offerte caritatevoli, prima che gli

prenda un colpo»

«Cosa devo scrivere nella causale Errico?»

«Scrivi Soltanto *Grazie di tutto per Soledad*, lui

capirà.

Massima discrezione sia chiaro. Non lo deve sapere

nessuno Lucilla, mi raccomando!

Anonimato assoluto. Posso stare tranquillo?»

«Con me devi stare sempre tranquillo Professore.

Piuttosto, per quell'altra cosa?

La videochiamata intendo»

«Tieniti pronta, ti chiamo tra non molto, penso ci

vorrà non meno di una buona mezz'ora, d'accordo?»

«Ricevuto Professore, a dopo allora»

«A dopo Lucilla»

Il primario era appena giunto al confine del boschetto,

dietro al quale un grosso elicottero nero come la pece

e dai vetri oscurati, era atterrato da poco.

Riusciva a distinguere bene tre persone vestite di nero

in giacca e cravatta, due carabinieri in divisa e almeno quattro persone, un po' più distanti a delimitare quello che sembrava un perimetro di sicurezza, erano vestiti allo stesso modo degli altri e sembrava parlassero l'uno con l'altro utilizzando piccoli microfoni che sporgevano dal colletto delle loro camicie, ora stavano cercando un nascondiglio, due di loro penetrarono dentro il boschetto, gli altri due si mimetizzarono dentro un filare di siepi, dall'altra parte rispetto all'elicottero.

Erano armati.

Gli uomini della scorta, realizzò.

L'Ammiraglio Salvetti gli si fece incontro:

«Professore è veramente un onore fare la sua conoscenza, di persona intendo, la prego di credermi, avrei preferito incontrarla in un altro frangente, ma purtroppo non ci possiamo fare niente, né io e né lei.

Le presento il sottosegretario al Ministero della Difesa con delega ai Servizi Segreti, Onorevole Dottor

Gerardo Borra, e il Capo di Stato Maggiore dell'Esercito, Generale di Corpo d'Armata Arturo De Vita»

Mastri strinse le mani a turno ai tre, poi si rivolse ai due carabinieri in mimetica che si stavano avvicinando, erano il Colonnello Pellicanò e il Capitano Arindi, e dopo aver salutato anche loro si rivolse all'Ammiraglio Salvetti:

«Bene, visto che ci siamo tutti direi che possiamo procedere»

L'Ammiraglio non indugiò:

«Le due persone che mi hanno accompagnato sono già al corrente della trattativa, bastano soltanto alcune conferme da parte sua Professore, ha per caso quella cosa con sé?»

«Se allude al contenuto dello zaino e del drive con all'interno parte delle liste degli affiliati e collaboranti alle organizzazioni criminali le rispondo di sì, Dottore»

184

Il primario estrasse dalla tasca il piccolo dispositivo e lo porse all'Ammiraglio, questi si avvicinò all'elicottero, inserì la scheda di memoria all'interno di un pc portatile e ne verificò il contenuto, per poi tornare sui suoi passi.

«Ho verificato ed è tutto a posto, come da accordi che avevamo preso del resto, direi che a questo punto dovremmo occuparci di altri particolari o sbaglio Professore?»

Mentre l'ammiraglio stava finendo di parlare, Mastri fece un rapido cenno al suo interlocutore per osservare uno dei due carabinieri in mimetica che armeggiava veloce al suo telefonino, per poi riporlo in tasca.

Ora si era riavvicinato all'altro, il Colonnello, che assorto dal dialogo tra gli altri due, non si era accorto che il Capitano si era appena allentata la fibbia della fondina contenente l'arma di ordinanza.

Non appena l'Ammiraglio Salvetti ebbe finito di

parlare, concentrò il suo sguardo su quel Capitano dei carabinieri.

«Può consegnarmi quel suo telefonino, Capitano Arindi?»

Il Colonnello Pellicanò fu sorpreso da tale richiesta perentoria e diresse il suo sguardo a sua volta in direzione del collega. Era visibilmente scosso, stava sudando copiosamente ed aveva il labbro superiore tremolante, mentre le sue mascelle era strette in una morsa forzata.

Con la mano destra il Capitano estrasse il telefono dalla tasca della mimetica e lo consegnò all'Ammiraglio.

Salvetti sorrise beffardo:

«Non questo capitano!

Mi deve consegnare l'altro cellulare, quello che ha riposto nella tasca sinistra e che ha usato pochi istanti fa.

Lo faccia subito.

È un ordine!»

Al Capitano sfuggì una lacrima da uno degli occhi e mentre porgeva il secondo micro-telefonino all'ammiraglio guardò fissò il Colonnello pronunciando:

«Scusami Antongiovanni» sussurrò.

Quindi estrasse dalla fondina la sua pistola d'ordinanza e si sparò sotto il mento.

Ma si riuscì ad udire soltanto un modesto "click".

«Cercavi questo Arindi?»

Il tenente del Santo era appena sbucato dalla siepe, diretto verso il gruppetto di persone incravattate, stava facendo oscillare il caricatore dell'arma d'ordinanza dell'aspirante suicida tra indice e pollice della sua mano destra.

«Non la sentivi un po' leggera la tua pistola Arindi? Pensavi di andartene così in fretta senza salutare per bene, cazzo?»

Alle sue spalle, vicino al filare di siepe selvatica si

potevano avvertire i mugugni dei due uomini della scorta, ammanettati e imbavagliati, si stavano dimenando a terra disperatamente impotenti.

Luca Bernardeschi invece stava raggiungendo il gruppetto arrivando dal boschetto, dove gli altri due agenti di scorta erano stati sistemati allo stesso modo degli altri.

«Buongiorno Ammiraglio Salvetti, si ricorda di me?»

Il Colonnello Pellicanò stava guardando il Mastri dritto negli occhi:

«Che cosa hai fatto Errico?

Qualcuno mi può spiegare quello che sta succedendo?»

L'Ammiraglio che si stava ricomponendo, stava cercando di mantenere la calma, era alla ricerca disperata di qualcosa da dire per tranquillizzare il Sottosegretario e il Capo di Stato Maggiore, evidentemente imbarazzati, dopo aver scambiato con loro uno sguardo nel disperato quanto velleitario tentativo di rassicurarli.

Si avvicinò prima al Colonnello Pellicanò, per esibire la schermata del telefonino ricevuto dal militare poco prima che tentasse il suicidio, giusto per mostrare il testo dell'ultimo messaggio appena inviato dal Capitano:

"Graal in mano a Mastri, liste consegnate ai Servizi"

Mentre Pellicanò dopo aver letto prese a disperarsi in silenzio tenendosi il volto tra le mani il messaggio fu fatto leggere agli altri, e a Mastri per ultimo.

«Quindi aveva ragione lei Professore, la sua trappola pronta a scattare ha funzionato, nonostante il mio scetticismo.

Abbiamo scovato la nostra talpa!»

Il Tenente Antonio Del Santo aveva appena ammanettato il Capitano Arindi, una volta finita la manovra gli si piantò davanti guardandolo dritto negli occhi:

«Sei soltanto un maledetto Giuda figlio di troia e

bastardo, lo sai vero?

E non sei degno di portare queste insegne, cazzo!»

Così strappò i gradi da entrambe le spalline all'ex collega e le consegnò solenne al Colonnello, che le prese a sé visibilmente scosso.

Il sottosegretario fu il primo a stringere la mano al medico, poi fu il turno del Capo di Stato Maggiore e infine si unì al gesto anche l'Ammiraglio Salvetti, tutti e tre avevano pronunciato un singolo: "Grazie e complimenti Professore".

L'ultimo fu il Colonnello Pellicanò, che decise però di aggiungere qualcos'altro:

«Non so veramente come possa non essermene accorto Errico, avrai fatto delle indagini sicuramente, e il solo fatto che tu possa aver sospettato anche di me mi fa venire soltanto da vomitare»

La risposta del Professor Mastri non si fece attendere.

«Quella volta che siete intervenuti per l'attentato in Fortezza di Campagna tu non indossavi un Rolex

Daytona Paul Newman del valore di sessantamila euro, Colonnello, il tuo Capitano sì. È bastato approfondire il suo stato patrimoniale in Italia e all'estero, quindi ho incaricato il Dottor Massimo Valente, così sono venuti alla luce i marciumi, Antonio ti farà avere tutto quanto»

Il Colonnello:

«Non so veramente come rappresentarlo alla moglie, non ne ho il coraggio»

Il Capo di Stato Maggiore intervenne autorevolmente e deciso nella discussione:

«Lei non dovrà fare assolutamente niente Colonnello, a quello ci penserò io, sua moglie e la signora Arindi saranno fatte imbarcare a bordo di un elicottero, destinazione Livorno, lei potrà raggiungere la sua signora tra poco, Generale Pellicanò.

Congratulazioni!

Non prima però di aver preso atto della seconda promozione, destinata al Tenente Antonio Del Santo, da questo momento elevato al grado di Capitano dell'Arma dei Carabinieri.

Le indagini sul Torres e l'eliminazione di Assek sono state molto apprezzate dagli americani.

Il capo della NCIA statunitense ha preteso le vostre promozioni, che ha ottenute non appena le manifestazioni di stima sono state inoltrate dall'ambasciata americana e poi comunicate al nostro Presidente della Repubblica, questa mattina stessa.

Sarà lei Generale Pellicanò, di concerto con il Capitano Del Santo a scegliere i collaboratori che riterrete più adatti per la costituzione di una task force che dovrà indagare e coordinare le indagini della Dia sui dati appena consegnati da Mastri»

Il telefono del medico prese a squillare:

«Mastri, con chi parlo?»

«Sono Lucilla Loggia Professore, può selezionare l'opzione videochiamata per cortesia?»

Dopo aver eseguito il comando il medico porse il

telefono all'Ammiraglio Salvetti.

«Credo che la riguardi»

Il militare apparve sullo schermo del telefono della giornalista:

«Dottoressa Loggia buongiorno, a cosa devo questa conversazione?»

«Serve soltanto per suggellare un accordo Ammiraglio Salvetti, si ricorda di quella polizza di assicurazione che ha rammentato al professor Mastri?

Ecco, quella polizza sono io!

Adesso si può gentilmente far inquadrare con il Capo di Stato Maggiore e il Sottosegretario?

Con lei al centro se possibile»

I tre si misero in posa e la giornalista continuò:

«Finalmente!

Ora che ho scattato questa foto e registrato la videochiamata sono un po' più tranquilla, lo sa Dottor Salvetti che per noi giornalisti l'attendibilità della fonte d'informazione è ritenuta essenziale vero?

Quindi le riferisco che se non saranno rispettati gli accordi presi tra le istituzioni, così qui ben rappresentate, e il professor Mastri, mi vedrò costretta a mettere all'incasso la sua cambiale in mio possesso.

Sono stata abbastanza chiara Ammiraglio?

Per Mastri finisce tutto qui e oggi e lo stesso dovrà accadere per gli altri suoi familiari e amici.

Nessuno, infatti, dei conoscenti o dei familiari del Mastri dovrà essere sfiorato da alcuna indagine, né ordinaria, né tantomeno integrativa e/o supplementare, non potranno essere convocati come persone informate sui fatti o testimoni e a nessun altro titolo da nessuna delle Procure di tutta la Repubblica Italiana ed estere.

Sono stata abbastanza chiara?

Gradirei un assenso esplicito, ammiraglio, sia da lei che dagli altri due rappresentanti dello Stato, sto aspettando, continuando a registrare tutto naturalmente!»

I tre sì e le immagini di ciascuno di coloro che li avevano pronunciati si alternarono al telefonino.

«Benissimo signori, adesso posso salutare tutti quanti voi, non prima di aver fatto gli auguri al mio Professore per l'imminente matrimonio del figlio, raccomandargli ogni bene, visto che temo di non poterlo rivedere mai più»

A questo punto la voce della giornalista apparve chiaramente strozzata di commozione, tanto che decise di smettere di riprendersi nella teleconferenza:

«Addio Lucilla, rispose frettoloso e rassegnato il Professore»

Mentre Luca e il Capitano Antonio Del Santo erano intenti nel liberare dalle pastoie gli uomini della scorta rassegnati, Salvetti si avvicinò di nuovo a Mastri:

«Direi che qui abbiamo finito Professore, dovrei soltanto riferirle come dovremo procedere per il suo trasferimento nella terra di nessuno»

Mastri lo interruppe deciso, aveva appena estratto

dalla tasca dei suoi pantaloni un foglietto di carta ripiegato in due che porse subito all'Ammiraglio.

«Prima di pianificare la mia dipartita e di cui parleremo soltanto noi due, ci sono un paio di cosette che avrei ancora da chiederle Dottor Salvetti, le trova scritte in questo bugiardino.

L'Ammiraglio si inforcò gli occhiali, sbuffando e prese a leggere.

Iniziò calmo, con un:

"Allora, vediamo un po' …"

Poi, appena scorse le prime righe si rivolse al primario, fissandolo negli occhi infuriato e tinto di rosso vivo in volto.

«È per caso impazzito Professore? Crede di avere a che fare con il padreterno per caso?

Mastri rispose volutamente flemmatico:

«Gli aerei voleranno a Grosseto alle diciassette e trenta, mentre il veliero sta attualmente incrociando al largo di Livorno, non mi sembra così impegnativo

196

farli passare da queste parti, o sbaglio Ammiraglio?

Mettiamola così: se lei, il sottosegretario e il suo Generale di Corpo d'Armata non potete aderire alle mie desiderata, allora vorrà dire che l'accordo appena concluso tra di noi salta e mi vedrò costretto a richiamare la mia amica giornalista per mettere all'incasso quella famosa cambiale.

Decida pure lei dottor Salvetti»

L'Ammiraglio si diresse verso gli altri due vicino all'elicottero e prese a parlare concitatamente con loro.

Mastri era divertito nel godersi quel siparietto: mentre l'Ammiraglio stava evidentemente elencando la lista dei desideri agli altri, gli stessi presero ad agitare le braccia girando pensierosi su sé stessi, adesso erano tre anime nevrotiche intente a trafficare telefonate a chi soltanto loro potevano sapere.

Ci vollero almeno dieci buoni minuti prima che quei tre si avvicinassero, preceduti dall'Ammiraglio con

197

l'espressione fiera e compiaciuta.

Nel frattempo, sia il Capitano Del Santo che il Generale Pellicanò con accanto Luca Bernardeschi si erano avvicinati a loro volta al Professore.

L'Ammiraglio Salvetti pareva un po' meno agitato di prima ma non era proprio del tutto calmo, quindi decise di raccogliere tutto l'ossigeno che avrebbe potuto ispirare e prese finalmente a parlare.

«Le sue "desiderata" saranno soddisfatte egregio Professore, le Frecce Tricolori effettueranno il primo volo notturno della loro storia effettuando due passaggi sopra l'hotel alle ventidue in punto, mentre Nave Vespucci incrocerà al largo per ospitare la promessa sposa che sarà fatta salire a bordo dopo che una lancia l'avrà prima prelevata dove attualmente si trova, insieme a due accompagnatrici, come da sue istruzioni Professore, contento adesso?»

Mastri si finse sorpreso e scettico il giusto.

«Ammiraglio!

E l'arrivo della mongolfiera dove la mettiamo?

Se l'è dimenticata per caso?»

Salvetti si voltò, diretto di nuovo verso gli altri due per riferire e così altre imprecazioni e altre telefonate si succedettero, poi l'Ammiraglio ritornò sui suoi passi:

«La mongolfiera potrà posarsi sulla tolda della Vespucci per prendere a bordo la sposa, mentre le due accompagnatrici saranno condotte con una lancia al pontile appena al di sotto dell'hotel dove saranno sbarcate.

Contento adesso Mastri?

Maledizione!

Adesso lo posso strappare questo foglietto?»

«Lo può strappare Ammiraglio»

Pronunciò sorridente Mastri.

«Ora può davvero strapparlo»

Così i due si strinsero la mano in segno d'intesa.

Il Capitano Del Santo porse il suo pacchetto di

sigarette un po' in giro e soltanto il Sottosegretario declinò gentilmente.

L'ammiraglio accettò di buon grado, sudato ma soddisfatto, poi però si rivolse a Luca Joseph Bernardeschi:

«Buonasera Rambo, vedo che non hai perso il vizio di usare le maniere gentili, la mia scorta dovrà prendere delle ripetizioni a quanto pare»

In quello stesso istante l'Ammiraglio prese ad agitare ripetutamente il suo polso sinistro, provocando volutamente lo spostamento del suo orologio più in basso, giusto quel tanto che sarebbe bastato per mettere in bella mostra la sua bella granata nera tatuata proprio in quel posto lì.

Stava parlando con quel Seal che non aveva addosso neanche uno di qui tatuaggi, se lo ricordava bene e aveva tutta la voglia di manifestare la sua superiorità.

Luca si avvicinò al piccolo Ammiraglio sorridente impugnando un accendino e si offrì per accendere la sigaretta appena accettata dal Capitano Del Santo.

Non appena accesa e dopo il primo sbuffo di fumo dell'altro esitò un attimo, giusto il tempo per far notare la granata azzurra luminescente tatuata poco prima al suo polso.

L'ammiraglio prese a tossire convulsamente e la qualcosa gli fece sputare la cicca appena accesa.

Il Capitano Del Santo porse di nuovo il pacchetto Salvetti, allungando il suo braccio sinistro nella sua direzione, mettendo bene in vista a sua volta quella granata che aveva tatuata anch'egli, azzurra e luminescente, sul suo polso sinistro.

L'Ammiraglio riprese a tossire convulsamente, si voltò vero gli altri e cominciò a roteare il braccio destro verso l'alto.

A quel punto il pilota azionò i comandi necessari per il decollo e le pale del gigantesco elicottero nero cominciarono a roteare.

«Andiamo via da questo cazzo di posto altrimenti

201

faccio una strage!»

Fu l'ultimo ad imbarcarsi, ma prima di farlo prese ad

urlare in direzione di Mastri:

«Subito dopo il sì degli sposi la

Voglio in volo!

Ha inteso bene professore?

IN VOLO!»

Capitolo 18

Carlo e Cynthia

Carlo Artina aveva appena finito di mettere al corrente Cynthia sugli ultimi anni del suo amico Professore e stava appunto per terminare il suo monologo:

«Ecco, è successo più o meno questo a Frank ultimamente»

Alla donna scappò qualche lacrima.

«Perché piangi?»

Intervenne l'uomo asciugandole dolcemente.

«Ero innamorata di Errico, sai?

E penso anche lui lo fosse stato di me, la vita però mi portava altrove, io ero sempre in giro per il mondo e lui esiliato volontario su quest'isola, immerso nelle sue tristezze, fu così che decisi di metterlo alla prova, avrebbe dovuto cercarmi lui, io non mi sarei più fatta viva»

«Hai fatto questo a Frank?

Vuol dire che sei matta da legare, aspetta, voglio anticiparti la fine: non si è più fatto vivo!

Sbaglio?»

«Non sbagli affatto Carlo, era come se fosse svanito nel nulla.

Quando ho deciso di venire qui per cercarlo di nuovo si frequentava già con Lucia, quella che adesso è diventata sua moglie»

«Provi ancora qualcosa per lui?»

Lei si discostò un attimo per guardarlo negli occhi:

«Continuo ad amarlo!

Sono quasi impazzita per lui, non ho mai frequentato nessun altro uomo da quella volta che ho lasciato l'isola ma ti prego Carlo: lui non lo deve sapere, puoi farmi questa cortesia?»

«Assolutamente sì, ma purtroppo ad una sola condizione»

«Di cosa si tratta?»

204

«Vedi Cynthia, Frank lascerà quest'isola e noi per sempre stanotte stessa, subito dopo il sì degli sposi, sia tu che io e gli altri probabilmente non lo rivedremo mai più.

Sinceramente non me la sento di dormire qui in hotel stanotte, non senza di lui almeno, chissà quante cose mi frulleranno per la testa e comunque non posso lasciare l'isola prima di domattina, il primo traghetto parte alle dieci e trenta, quindi mi chiedevo se da te ci fosse un divano vuoto, magari anche con le molle rotte, non importa, giusto per qualche ora di sonno»

«Condizione accettata e niente divano, ho delle amiche ospiti e le stanze sono tutte occupate, dormirai con me Carlo, so di potermi fidare, d'accordo?»

«Ti fidi così tanto di me, Cynthia?»

«Assolutamente caro il mio falso imbalsamatore di maiali morti»

«Sono io che non mi fido di me cara mia, quindi mi farò bastare una coperta, un cuscino e il pavimento,

205

d'accordo?»

L'uomo porse la mano alla donna che fu stretta d'intesa subito da lei, suffragata da due baci sulle guance.

«Devo chiederti due cose Carlo, posso?»

«Spara!»

«La prima è di cosa ti occupi veramente, spero che tu non creda che mi sia bevuta la storia di quella tua strampalata e buffa professione di imbalsamatore di maiali morti»

«La seconda?»

La interruppe l'altro.

«Come mai sei l'unico a chiamare Frank il Professore?»

«Ti risponderò per strada Cynthia, dimmi, hai per caso ancora qualche minuto da dedicarmi?»

Lei consultò il suo piccolo Cartier e rispose sorridente.

«Trenta minuti forse sì, ma non di più, dove vuoi

portarmi?»

«Voglio soltanto farti un regalo mia cara, seguimi»

Lei accettò di essere condotta per mano dall'uomo in direzione della scaletta che dal giardino dell'hotel conduceva al mare, trenta metri più sotto, con la mano destra libera Carlo Artina arpionò con assoluta destrezza un metal detector antimina sull'Humvee, incustodito dei marines, parcheggiato da poco, fu talmente spontanea, decisa e naturale quell'appropriazione indebita che neppure la donna si accorse di niente.

Avevano raggiunto gli scogli e subito dopo la piccola spiaggetta di ciottoli così tanto amata dal Dottor Gargiulo e dalle sue canne da pesca, Carlo attivò il misuratore e prese ad ascoltare eventuali suoni emessi dallo strumento mentre camminava con accanto la donna.

«Ho un ristorante, vicino Pisa, in campagna, una cosa rustica e tradizionale, ormai fa parte della mia stessa

207

vita e ti posso garantire che ogni giorno che apro i battenti non penso assolutamente all'incasso di quella giornata, non so se mi capisci, io e lui è come se fossimo una sola cosa»

Intanto un bip seguito da altri quattro suoni più insistenti indicava qualcosa di scovato.

L'uomo si chinò e scavando fece venire alla luce una lattina di birra sbiadita che lanciò vicino all'ultimo scalino, al ritorno l'avrebbe depositata nel cestino del differenziato.

«Capisco perfettamente Carlo, era la stessa cosa che mi capitava quando sfilavo in passerella, non pensavo mai ai soldi, volevo solo volare dentro il mio sogno»

«Lo chiamo Frank da quando ci siamo conosciuti il primo giorno alle scuole superiori, tanti anni fa»

«Quanti anni?»

«Trentacinque anni un mese e 5 giorni con oggi, per le ore dovrei riflettere un po' meglio»

«Ami il tuo Frank, vero?»

«Più di quanto non possa amarlo tu, Cynthia, ti prego di credermi»

Lei appoggiò dolcemente la sua testa sulla spalla di lui, sussurrando:

«Che bella persona che sei Carlo»

In quel preciso istante tre bip intermittenti indicavano qualcos'altro sotto il bagnasciuga, l'uomo prese a scavare e si risollevò con un fischio acuto e liberatorio.

«Ecco il mio regalo per te Cynthia!»

Dopo aver drenato la sabbia in eccesso nell'acqua marina svelò alla donna una collanina d'oro con un piccolo ciondolo a forma di cornucopia, perduto da chissà chi e quando, cercò di asciugarla alla meno peggio con un lembo della sua camicia e solennemente la fece indossare al collo della modella che lo guardava sorridente.

«Penso di sapere perché tu e Errico siete così uniti. Siete entrambi due persone veramente fantastiche,

sapete sorprendere e far sognare, anche con niente a
disposizione»
«Grazie Carlo»
«Di niente Cynthia»

Capitolo 19

Leonesse allo sbando

Azzurra aveva appena abbandonato il lettino abbronzante.

Giusto appena dieci minuti, si era raccomandata Gemma, un po' di sole artificiale sarebbe stato il tocco finale, prima del make-up.

Quel suo poco tempo là sotto il sole finto era trascorso assai bene, aveva ascoltato un brano che il suo René aveva scritto per lei anni prima e che avrebbe poi deciso di far cantare a Beatrice.

Il primo, dal titolo *"Na hora de Paraiso"* in lingua portoghese, se lo ricordava bene, all'epoca il suo fidanzato l'aveva suonato e cantato per lei ai tempi del liceo, sul bordo di una fontana su cui se ne stavano seduti una mattina, bigiando la scuola.

Più o meno raccontava:

"... quando sto con te è come trascorrere un'ora di

paradiso, come il vento che viene dal mare e una volta accarezzati i monti mi investe, è come una musica che mi dice di stare con te, che mi ricorda i tuoi sorrisi, per passare un'ora di paradiso ..."

Si sentiva contenta ed appagata, prese due sorsi d'acqua per respingere la commozione e completamente nuda decise finalmente di alzarsi, quindi raccolse asciugamano e telefono per raggiungere le altre.

Stavano sfilando a turno, indossando abiti diversi, alternandosi ciascuna in passerella, prima toccava alla cavia fare da protagonista e dopo aver deciso finalmente per la mise, con il consenso ricevuto dalle altre in giuria, sarebbe toccato alla successiva, ora era il turno di Euridice che sfilava in un tubino color crema di Hermes attillato e perfettamente abbinato amorevolmente con scarpe e pochette Gucci.

Azzurra decise di fumare una sigaretta.

Non era da lei stare lì, dopotutto era una ragazza di

campagna, abituata ad un semplice stile di vita, come da sempre la mamma le diceva da bimba: «Facciamo con quello che abbiamo».

Nonostante tutto le piaceva quello che le stava accadendo intorno, era una cosa nuova per lei e assecondare le aspettative delle sue amiche le sarebbe sembrato il minimo, anche se in verità la sua testa era da tutt'altra parte.

Le mancavano tutti, davvero tutti quanti intorno, il suo René, la zia Ines, suo fratello Massimo, i due matti di Duccio e Doc, il suo revolver cromato, il suo Hummer perforato dai proiettili e perfino Black.

Ma era così bello, fuori luogo e pazzesco lasciarsi immergere ancora per un po' in tutta quella ricchezza che non avrebbe potuto assolutamente rifiutare.

Si era riproposta di rappresentarsi con gratitudine alle altre, se non altro per quel bel gesto ricevuto, stare insieme, tra donne e prepararsi tutte insieme e così unite per il suo grande evento.

Una specie di addio al nubilato da celebrare in maniera del tutto anomala, sobria quanto eccentrica e magari anche piacevolmente sorprendente, almeno per quanto la riguardava.

Mentre Euridice sfilava, strizzata dal suo Hermes color panna ad Azzurra capitò, quasi in automatico di consultare il suo cellulare.

Le due chiamate senza nessuna risposta da parte sua erano entrambe di René, che evidentemente rassegnato le aveva lasciato un messaggio, che Azzurra aprì quasi con avidità:

Amore mio, ho provato a chiamarti, mi vuoi dire cosa cavolo è successo?

Ho visto mio padre tornare pallido in volto come un lenzuolo e devastato, dentro e fuori di sé.

Ora sta per essere preso in consegna dai militari, pare che debba essere blindato per essere trasferito altrove, sai qualcosa per caso?

Azzurra decise di rispondere al messaggio non appena

finito di leggere:

«*Amore mio, non potevo risponderti, ero sotto il lettino abbronzante col telefonino in modalità aereo, mi stavo ascoltando il brano che mi hai mandato e che mi ha fatto fare bellissimo viaggio all'indietro nel tempo.*

Ti confesso che mi sto annoiando ma devo far finta di niente, tanto tra poco ci vediamo»

«*Sì, ma a proposito di mio padre?*»

«*Lucia ha fotografato due pagine di messaggi in una chat tra tuo padre e la sua amante, una certa Soledad, che pare sia stata addirittura invitata stasera per il nostro matrimonio, Lucia ci ha mostrato i dialoghi, lui è stato chiamato qui con una scusa qualsiasi e così gliene abbiamo dette proprio di tutti i colori.*

Mi dispiace tanto amore mio.

Ti mando le foto delle due pagine di chat, così realizzi, a dopo amore mio»

Dopo appena un minuto il telefonino di Azzurra prese

a squillare.

Era René.

Lei rispose sfoderando un inservibile sorriso smagliante.

«Ma dimmi ancora amore mio grande»

Dall'altra parte il tono non era affatto così amorevole e cordiale.

«Siete delle teste di cazzo tutte quante!

E tu per prima!

Non hai letto in alto?

Sulle foto della chat?

È scritto: "gruppo - Soledad - Errico - René"!

Ti pare che uno scriva all'amante all'interno di una chat di gruppo per caso?

Ti sembra plausibile?

Lucia ha fotografato soltanto la seconda e la terza pagina!

Le manca la prima!

Quella te la giro io! E subito!

Poi ti giro anche il video che ha creato Gualtiero, riguardo a mio padre e la storia con la sua Soledad.

GUARDA SUBITO!»

Prima pagina della Chat (di tre pagine):

«Il Tribunale si pronuncerà oggi e sono ottimista e finalmente diventerai mia figlia, mia e di mia moglie Lucia, che sono convinta sarà felicissima di accoglierti come tua nuova mamma, sarai la sorella di René, mio figlio, che ho saputo di avere da poco e che anche lui non vede l'ora di abbracciarti.

Voglio che per la mia Lucia sia una sorpresa, ci ha sposato il Santo Padre lo sai?

E se ci penso mi viene da piangere.

Chissà quando lei saprà di te!

Mi farà un sorriso di quelli grandissimi, dei suoi, e magari perderà una lacrima quando ti abbraccerà e ti accoglierà come sua e nostra figlia.

Sei contenta amore mio?»

Il messaggio a seguire conteneva il video montato da

Gualtiero, con tanto di comunicazione della Corte messicana che sanciva l'adozione ma che comunicava la violenza sessuale subita dalla bimba.

Il terzo messaggio era implacabile:

«Mio padre è stato appena sequestrato, deve indossare una specie di tuta antiproiettile soltanto per condurmi all'altare, dopo il nostro sì sarà portato via da qui e forse per sempre, si è accollato tutte le responsabilità che ci riguardano e ha salvato il culo a tutti!

Se da stasera saremo tutti liberi da ogni guaio e qualsiasi altra minaccia di morte lo dobbiamo soltanto a lui, Luca, Antonio e gli altri non sanno ancora niente ma è questione di minuti.

Siete contente?

Tu e tutte le altre intendo, Azzurra!

Siete contente?»

Alla bionda le era cascato l'asciugamano di cui si era cinta dopo essersi alzata dal lettino, forse a causa della sua concitata concentrazione riguardo a quanto appena appreso.

Lucia le si fece incontro:

«Cosa sta succedendo alla nostra bella sposina?

È ora di provare l'abito, non credi?

Noi abbiamo già scelto come vestirci e manca poco per il trucco»

Gemma le fece seguito:

«Amore mio, cos'è quella faccia? Perché piangi?

Succede sai?

Un po' di confusione mentale è fisiologica, direi essenziale addirittura, non ci pensare troppo, tra poco sarai sposa e sorriderai radiosa al mondo intero»

Azzurra sembrava appartenesse ad un altro, di mondo:

«Posso collegare il mio telefonino alla tv?

Dovrei mostrarvi qualcosa»

Dopo il filmato fece seguito uno di quei silenzi davvero memorabili, ciascuna di loro stava maledicendo sé stessa.

Se ne stettero zitte, ammutolite, per qualche minuto

ancora.

E piangere sarebbe stato inutile, fu quello che realizzò Lucia.

Capitolo 20

Ultimi incontri prima del sì

Il professor Mastri, appena terminata l'ultima conversazione telefonica, era seduto vicino al camino acceso della hall,

Nonostante si fosse a metà novembre non faceva affatto freddo, il freddo infatti, e quello vero, sarebbe arrivato come sempre d'improvviso sull'isola, con i primi di dicembre, da un giorno all'altro.

Stava aspettando gli altri, che sarebbero arrivati entro pochi minuti, il primario era volutamente in anticipo, doveva affrontare un'ultima incombenza, che infatti gli si materializzò davanti.

«Professore, buona sera»

Un quarantenne dalla corta barba incolta sale e pepe aveva appena allungato la mano in direzione del primario, era vestito casual, jeans, camicia a quadri e un leggero giubbotto di cotone che mal celava il rigonfiamento sul suo fianco sinistro, dove evidentemente l'uomo custodiva la sua arma d'ordinanza.

«Il mio nome e Cesare Alessandrini, Commissario della Polizia di Stato, fuori ci sono i miei quattro uomini.

Siamo qui per la sua "estrazione" Professore, non appena scoccate le ore ventitré dovrà venire con noi, questi fogli sono per lei, me ne deve rendere qualcuno firmato, per esteso mi raccomando.

Non sarà una passeggiata Professor Mastri, è bene che lo sappia, glielo dico per esperienza»

Il primario si alzò lentamente dalla poltrona e strinse sicuro la mano al poliziotto:

«Vi stavo aspettando, l'Ammiraglio Salvetti mi ha spiegato brevemente come sarebbero andate le cose, ma mi dica piuttosto Dottor Alessandrini, è proprio necessario che io indossi la tuta antiproiettile?»

«Purtroppo, sì Professore!

È la procedura standard, il codice di sicurezza che le è stato attribuito è il massimo della scala, temiamo un attentato letale e personalmente non vedo l'ora di portarla via da qui il più presto e rapidamente possibile»

«Sto aspettando delle persone, per i saluti intendo, visto che dopo immagino non ci sarà tempo, o sbaglio di nuovo?»

«Dopo il "sì" degli sposi dovrà venire immediatamente con noi Professore, con le buone o con le cattive, e comunque tassativamente entro le ore ventiquattro, non un minuto di più.

Lei apparirà in pubblico soltanto per accompagnare all'altare suo figlio, lo sposo, io e i miei, la sua scorta, cercheremo di essere più discreti possibile.

Potrà presenziare la funzione, ma una volta salutato suo figlio dopo il *sì* dovrà salire con noi in terrazza, farà un ultimo cenno di saluto a tutti e poi ce ne andremo via a tutto gas, destinazione Pisa, base area

Quarantaseiesima Aerobrigata, dove ci aspetterà un aereo pronto al decollo.

Scusi ma di più non le posso dire»

«D'accordo Dottor Alessandrini, è stato molto chiaro, faccia mangiare qualcosa ai suoi uomini, sul retro è stato allestito un buffet per il personale e i tecnici, ora mi deve scusare ma stanno arrivando delle persone alle quali devo assolutamente parlare»

Il Dottor Luca Bernardeschi e il Capitano Antonio del Santo avevano appena disceso le scale, e ora erano diretti verso Mastri.

Il militare fu il primo a parlare:

«Chi sono quei ceffi Errico?»

«Pare che siano i miei angeli custodi, Antonio, tutto come previsto, poliziotti comandati a prestare servizio alla cerimonia di stasera per poi trasferirmi in una località segreta.

Ora tocca a voi due, fate come vi ho detto, se è come penso, dovrò mettere all'incasso la mia cambiale.

Siete pronti?»

Luca rispose deciso:

«Siamo pronti Professore, io e Antonio abbiamo studiato per bene il copione, dieci minuti e sapremo di che morte moriremo»

«Andate allora, io intanto chiamo il mago Kandinsky per verificare se la macchina funziona, ieri notte è stata messa a punto e la stanno posizionando in terrazza, proprio sopra di noi.

A dopo allora»

«A dopo»

Rispose il capitano Del Santo deciso.

I cinque poliziotti stavano apprezzando il buffet di Ernestina, si erano seduti comodi e si stavano rifocillando in silenzio.

Luca Bernardeschi e Antonio Del Santo si avvicinarono decisi, volutamente sfacciati e sicuri di sé, afferrarono rumorosamente una sedia ciascuno e si misero a sedere a loro volta al tavolo dei cinque.

Prima di agguantare maldestramente un paio di panini appoggiarono decisi le loro pistole sul tavolo, il carabiniere posò sulla tovaglia la sua Beretta calibro nove lungo, Luca fece lo stesso con la sua Glock nove millimetri.

I quattro della scorta si alzarono di scatto ma si rimisero subito seduti al loro posto, dopo una rapida occhiata lanciata dal loro capo, il Commissario Cesare Alessandrini, il quale a sua volta estrasse la sua pistola d'ordinanza per posarla sul tavolo, subito imitato dagli altri della scorta:

«Carabinieri o Polizia?»

Sussurrò stranamente calmo il Commissario ai due nuovi arrivati.

Del Santo rispose nella maniera più antipatica possibile, aveva la bocca piena e prese a parlare a voce alta, facendo bene attenzione a perdere qualcosa del masticato misto a maionese mentre rispondeva con la bocca piena.

«Io Carabinieri, lui - indicando Luca con il mento umido - sevizi segreti USA.

Voi - piuttosto - chi cazzo siete?»

«Polizia di Stato, siamo stati comandati di servizio qui e non vi posso dire altro»

Non appena finito di parlare l'uomo appoggiò il suo distintivo accanto alla sua arma così come fecero ad uno ad uno gli altri quattro.

Luca, sempre a bocca mezza piena di cibo:

«Potevate stare a casa vostra, tanto qui bastiamo noi, vero Antonio?»

Il carabiniere porse una birra al Seal e dopo aver trangugiato un paio di sorsate maleducate il più possibile emise un sonoro rutto e si alzò dalla sedia:

«Allora buon proseguimento, mi auguro che non vi facciate vedere in giro, voi non siete invitati al matrimonio di mia nipote, quindi non vi fate vedere, altrimenti vi prendo tutti a calci in culo uno per uno, sono stato chiaro?»

Uno dei quattro si alzò deciso diretto verso il caramba ma il suo capo si piazzò tra i due:

«Cerchiamo di mantenere la calma collega, noi dopo il *sì* ce ne andiamo in punta di piedi, contenti?»

La risposta di Del Santo non si fece attendere:

«Contento io?

Dopo aver visto le vostre facce merdose?

Vedete di andarvene a fare un culo e ripeto: non-vi voglio-vedere-in giro!

Quindi finite di mangiare e levatevi dal cazzo!»

Il Capitano si riprese la sua Beretta, buttò il sandwich sul tavolo e subito dopo la bottiglia di birra che inevitabilmente prese a schizzare liquido schiumoso e gassoso sugli altri della scorta.

Luca fece lo stesso e ripresa la sua Glock sfiorò la spalla di Del Santo che stava fissando immobile e minaccioso gli occhi del commissario, stranamente calmo e sorridente.

Una volta all'interno della hall dell'albergo i due

decisero di raggiungere il Primario vicino al camino, Del Santo faceva fatica a mantenere la calma ma il suo sforzo riuscì a farlo comportare in modo apparentemente composto.

Sia lui che Luca Bernardeschi si erano seduti vicino al Professore, intento a far finta di leggere un quotidiano, dal quale non distolse lo sguardo mentre Del Santo relazionava quanto accaduto:

«Se quelli sono poliziotti io sono Biancaneve, cazzo!»

Luca aggiunse:

«Hanno il vivo di volata delle armi filettata»

Mastri stava ancora fingendo di essere interessato alla pagina sportiva, e senza distogliere lo sguardo pronunciò a bassa voce:

«Che cos'è un vivo di volata?»

Luca sorrise:

«Hai ragione Errico, chiedo scusa, il vivo di volata è la parte finale della canna dell'arma, mentre il vivo di culatta e la parte opposta.

229

Se si fa filettare l'estremità del vivo di volata appunto,
lo si fa soltanto ed esclusivamente per un motivo ben
preciso»
Il carabiniere:
«Per avvitarci un silenziatore Professore»
Ti risulta che le forze dell'ordine italiane abbiano in
dotazione armi dal vivo di volata filettato?
O che usino silenziatori?
Io direi di farli fuori subito tutti quanti, cazzo!»
«Ci sarà tempo Antonio, come vi avevo detto si è
verificato esattamente quello che mi aspettavo
avvenisse.
Procediamo come da copione,
Ora allontanatevi, uno alla volta, ci vediamo alle
diciannove e trenta per l'inizio della cerimonia, io
devo fare ancora un paio di telefonate»
Luca:
«Una per la cambiale da mettere all'incasso, l'altra
per gli effetti speciali o sbaglio?»

Mastri stava ripiegando il giornale.

«Esatto Luca, prima Lucilla Loggia e poi il mago, giusto per avere conferma dell'impianto»

Allora il Dottor Luca Bernardeschi:

«Tranquillo Professore, il piedistallo è già stato installato in terrazza e funziona correttamente, lo abbiamo collaudato insieme a Francesco e al Dottor Gargiulo, un gioiello di tecnologia avveniristica direi, dovrai ringraziare la mia cara Gemma per avertelo prestato, è l'unico prototipo al mondo, non è ancora stato brevettato, è costato milioni di dollari d'investimenti per la ricerca e non vedo l'ora di restituirglielo, ti prego di credermi, è la punta di diamante di quella sua joint venture avio-spaziale avviata con la contessina Lucifero, roba del futuro insomma.

Piuttosto Professore: non deve essere stato facile prendersi tutti quegli schiaffi in faccia dalle sue donne, vero?»

231

«Non è stato affatto piacevole ma sarà funzionale allo scopo caro Luca, e ti confesso che in questo momento ho ben altro a cui pensare, ti prego di credermi davvero»

Del Santo doveva aggiungere qualcosa:

«Scusa Errico ma c'è qualcosa che dovresti sapere»

«Mi dica pure capitano»

«Vedi Errico, quando oggi ti abbiamo trovato privo di sensi si è creata un po' di confusione, insomma, c'era della tensione nell'aria, così quando ci hai raccontato della tua Soledad e hai mostrato la foto del gemello che è stato trovato sul luogo della violenza subita dalla piccola, mi spiace ma il tuo telefono mi è scivolato inavvertitamente in tasca, quindi eccolo qui»

Mastri si concesse un sorriso gentile.

«Veramente è tutto qui Antonio?»

L'altro intervenne deciso e il professore aveva notato che anche Luca aveva l'espressione preoccupata, se ne accorse per il cenno fatto a Francesco che aveva appena raggiunto i tre.

Il carabiniere parve esitare ma poi decise di farsi coraggio, accese il cellulare che si era involontariamente trattenuto, selezionò *galleria fotografica* e fece apparire sullo schermo la foto del gemello d'oro e smalto, con quelle iniziali bene in rilievo:

«Susanna e le altre mi hanno tempestato di telefonate, Azzurra ha parlato con René ed hanno realizzato finalmente del malinteso in cui sono inciampate.

Inutile dire che sono tutte desolate Errico e che vorrebbero parlare con te, quantomeno per scusarsi davvero ad uno ad una.

Anche la mia Susanna è preoccupata e con lei devo essere gentile lo sai, quindi per tranquillizzarla circa la veridicità dei fatti le ho mandato proprio questa foto, semmai avesse conservato dei dubbi riguardo a quanto successo alla piccolina»

«Capitano Antonio Del Santo, non è che per caso si

vuole scusare con me per avere inavvertitamente trattenuto il mio telefonino e per avere inviato un Sms?»

«C'è di più Professore, molto di più, la prego di credermi.

Come si sente professore?

Mi riferisco al suo stress naturalmente, adesso ritiene di essere calmo il giusto?

Gradisce una sigaretta?

O magari un aperitivo, non so …»

 Mentre il primario guardava il carabiniere con aria interrogativa decise di buttare giù un sorso d'acqua per trovare almeno qualche secondo di concentrazione.

Luca si intromise di nuovo nella conversazione:

«Adesso basta Antonio!

Se proprio non ce la fai tu, glielo dico io!»

Il carabiniere decise di proseguire, mentre il Professore si fece ancora più serio, alternando il suo sguardo ora fatto d'acciaio, prima sull'uno poi sull'altro.

Fu allora che il Capitano decise finalmente di vuotare il sacco:

«Vedi Errico, accanto a Susanna era seduta Gemma, mentre ho inviato la foto insomma, quella del reperto rinvenuto sulla scena del crimine.

«E allora? Mi vuoi dire che anche le altre hanno visto quella foto?

C'è anche dell'altro per caso o mi sbaglio?»

«Infatti Professore, non so veramente come dirlo, insomma, Gemma Remedi Banti sa perfettamente a chi appartiene quel …

gemello…

Si tratta di Harold Weinsten Brown Junior - Presidente Ceo del Tractor Fund, un fondo d'investimento nippo americano, prima azionista di riferimento del Gruppo Remedi & Banti Industries, poi protagonista del tentativo di scalata e affondamento.

Gemma lo conosce di persona per averlo incontrato personalmente più volte.

Non ha dubbi al riguardo Errico.

Hai il tuo uomo!»

Al Mastri sfuggì una smorfia mentre le sue mani stavano afferrando, in una stretta potente, i braccioli della poltrona su cui era seduto.

Le nocche si sbiancarono per la presa e al medico sfuggì qualche lacrima liberatoria.

Luca intervenne, appoggiando una mano sulla spalla del Professore:

«Tutto bene Errico?»

Il Mastri fece cenno di annuire, restando in silenzio e il Seal proseguì:

«Vuoi che ci pensi io, Errico?»

Questa volta il medico fece invece cenno di no,

riuscendo a sussurrare qualcosa:

«Niente morte veloce stavolta miei cari…»

Sussurrò.

«Grazie di tutto, adesso penso sia arrivato il momento
di agghindarci, che ne dite?»

«Allora a dopo, Professore»

«Allora a dopo, ragazzi»

Capitolo 21

Scarafaggi in volo

L'elicottero che stava trasportando l'Ammiraglio Salvetti e gli altri era giunto a circa metà percorso, aveva appena finito di sorvolare il mare e finalmente i telefonini avevano di nuovo campo.

Nel frattempo il Capitano Arindi era stato liberato dalle manette:

«Quale sarà la sua prossima mossa Ammiraglio?»

La riposta fu brusca:

«Ancora hai il coraggio di parlare tu?

Ti ho appena salvato il culo!

Quindi cerca di stare zitto.

Pronto?

Sei tu Torres?»

«Sono io Ammiraglio, come sta procedendo?»

«Tutto secondo i piani, ho quella cosa con me, mi correggo: la metà di quella cosa, l'altra metà e non so cos'altro è nelle mani di quella giornalista ficcanaso, la dottoressa Lucilla Loggia, ma a lei penseremo poi.

Andiamo per gradi.

Comunque, Dimitri Assek, il figlio di Vladimir Assek è già sull'isola con quattro uomini dei suoi, ho detto loro dove intercettare la vera scorta e si sono sostituiti ai veri poliziotti dopo averli eliminati sul posto.

Hanno nascosto l'auto all'interno di un silo abbandonato, per un po' di tempo non li troverà nessuno.

L'esecuzione del professor Mastri avverrà stasera stessa, con due colpi alla nuca mentre starà salutando per l'ultima volta i suoi maledetti amici, inutile far fuoco sul corpo visto che indosserà una tuta antiproiettile.

Quindi testa!»

«Non mi deluderai, vero Ammiraglio?»

Il tono sottile ed inquietante della voce del criminale riuscì a far esitare persino Salvetti.

«Tra meno di un'ora, appena giunti alla base e una volta sistemate le cose te ne darò conferma, posso dire ai miei due accompagnatori, il Sottosegretario al Ministero della Difesa con delega ai Servizi Segreti, Dottor Gerardo Borra, e il Capo di Stato Maggiore dell'Esercito, Generale di divisione Arturo De Vita di stare a loro volta tranquilli?»

«Tranquilli è una parola grossa caro il mio ammiraglio!

Bisogna mettere le mani sulla giornalista per esserlo del tutto.

Ha capito bene?»

«Ricevuto Torres, a presto»

Una volta terminata la chiamata l'uomo aprì il finestrino dell'elicottero quel tanto che bastava per scaraventare il telefonino nel vuoto, una volta richiuso si concesse un compiaciuto sorriso beffardo dei suoi.

Gli era venuta fame.

Capitolo 22

La cambiale all'incasso

A Roma pioveva.

Il telefono di Lucilla Loggia prese a squillare appena fuori dalla Chiesa di Santa Marta, ora distante appena una ventina di metri, l'ingresso era presidiato da due carabinieri in divisa.

L'intera zona era stata sgomberata, intorno non vi erano auto parcheggiate, c'erano soltanto qualche spazzino e dei finti operai intenti a eseguire falsi lavori stradali, tre furgoni dai vetri oscurati e un capannello composto da sei o sette motociclisti poco distanti, intenti a fumare e simulare chiacchiere e risate.

La donna sapeva che erano agenti delle forze dell'ordine tutti quanti.

«Pronto Errico, dimmi tutto»

«È il momento di mettere all'incasso la cambiale

Lucilla, te la senti?»

«In realtà ho le gambe che mi tremano ma ritengo di potercela fare, devi sapere Professore, che sono un tantino emozionata nell'apprestarmi ad attraversare una piazza blindata da forze dell'ordine in borghese, varcare il portone della Chiesa di Santa Marta e consegnare una cosa ciascuno prima al Santo Padre e poi al Presidente della Repubblica Italiana assorti in preghiera»

«Non avevo alternative Lucilla, ho letto le liste e ci sono dentro davvero in tanti, ho scelto loro affinché entrambi potessero rappresentarsi quanto meno da garanti non soltanto per le necessarie epurazioni ma piuttosto per la successiva ricostruzione dell'architettura istituzionale.

Ricordati di andare in onda subito dopo per gli scarafaggi che stanno tornando in elicottero, mi raccomando»

«Tra venti minuti esatti Professore, sintonizzati sulle

news internazionali, mi trasmettono in diretta su sedici canali satellitari stavolta.

Non ti richiamerò, visto che avrai molto da fare e ritengo sia giusto che tu ti possa godere il matrimonio di tuo figlio.

Se non senti niente e riesci a vedermi in tv vuol dire che sarà andato tutto per il verso giusto.

Siamo d'accordo signor mago Houdini?»

«D'accordo Lucilla, spero soltanto che quel maledetto aggeggio funzioni!

E tu vedrai che quest'anno te lo becchi davvero quel maledetto Pulitzer!»

«Addio Professore»

Roma - Chiesa di Santa Marta

Lucilla stava attraversando la piazza elegante e decisa, non appena notata dagli agenti in borghese i due carabinieri appena allertati spianarono le loro mitragliette dopo aver inserito il colpo in canna.

La donna era vestita di nero, indossava un soprabito leggero dello stesso colore e aveva la testa avvolta in un foulard altrettanto scuro, nonostante fosse quasi buio indossava degli ingombranti occhiali da sole.

I due carabinieri si avvicinarono ai lati del portone mentre un loro Capitano aprì il pesante uscio dall'interno invitando la donna ad entrare con un semplice quanto breve cenno silenzioso.

L'uomo si accostò all'orecchio della donna sussurrando: "Mexico", la donna rispose decisa "Soledad".

L'ufficiale invitò la donna ad entrare, lei sfiorò l'acquasantiera e non appena avvertì sulle dita quella poca umidità sufficiente si inchinò per un solenne segno della croce.

Vedeva l'altare maggiore lontano davanti a sé.

Una volta rialzata prese decisa a sinistra e percorse la navata fino ad arrivare alla rastrelliera delle candele votive.

Ne accese due di quelle, accennò in silenzio un "Eterno Riposo" per poi dirigersi verso l'altare dopo un lunghissimo sospiro.

L'ufficiale la seguiva a due passi di distanza con la pistola armata e in pugno, tenendosela stretta con il braccio disteso e aderente al corpo.

Non appena giunta all'altare maggiore lei si volse verso l'uscita, lasciandoselo alle spalle, per incamminarsi lentamente questa volta a ritroso, di nuovo verso il grande portone d'ingresso, attraversando lenta e determinata il corridoio centrale.

Sulla quinta panca di sinistra era inginocchiato a mani giunte il Santo Padre, sulla stessa fila ma a destra il Capo di Stato.

Lei non si fermò.

Si limitò ad allargare le braccia una volta che li ebbe di fianco durante il percorso ed entrambe le sue mani lasciarono appoggiate sui legni di quercia delle panche oratorie due piccoli oggetti, due piccoli drive dall'identico contenuto, contenenti tutte quante le informazioni celate dal Graal e che erano state finalmente recapitate a chi di dovere, come il Professor Errico Franco Mastri si era raccomandato.

Il rumore dei tacchi a spillo della donna si interruppe poco prima dell'apertura dell'uscio gigantesco, lei si girò di nuovo verso l'altare per concedere un ultimo segno di croce verso tutto e a tutti.

Quei due vecchi uomini la stavano guardando, ammiccandole ciascuno un quasi impercettibile sorrisetto di assenso.

I due van-tv la stavano aspettando a un centinaio di metri e subito dietro l'angolo, una truccatrice le si avvicinò per sistemarla e tre fari presero a illuminarla mentre due cameramen con a fianco i microfonisti stavano testando l'attrezzatura.

La giornalista indossò immediatamente un mini auricolare:

«Lucilla sei in onda tra centoventi secondi, ti accenno in cuffia il countdown poco prima: non più di quattro minuti, mi raccomando, poi partiamo dalla regia con i servizi che abbiamo già montato, mi senti e mi vedi Lucilla?»

La giornalista accennò un ok con il pollice destro mentre con la sinistra si stava svuotando una bottiglietta d'acqua.

Non doveva pensare, adesso doveva agire, decise di congedare la truccatrice e prese la sua solita e storica posa.

Dagli studi milanesi stava arrivando il via libera:

«5, 4, 3, 2, 1 in onda, go!»

Subito dopo la sigla il suo primo piano avrebbe fatto il giro del mondo.

«Buonasera a tutti per questa edizione straordinaria, importanti rivelazioni hanno consentito di far venire alla luce una gigantesca rete di malaffare che sconvolgerà non soltanto il governo italiano, saranno infatti anche altri gli Stati che dovranno intervenire per arrestare il prima possibile tutta una serie di collaboratori, membri delle forze dell'ordine, professionisti, politici e pezzi delle amministrazioni coinvolti e conniventi in attività criminali di stampo mafioso.

La lista è stata recapitata ai vertici dello Stato Italiano e Pontificio e sarà di pubblico dominio entro le prossime quarantott'ore.

Fonti certe riferiscono di alcuni nomi eccellenti, direttamente coinvolti e a libro paga della malavita che posso comunicarvi in questa diretta, si tratta dell'Ammiraglio Niccolò Salvetti, del sottosegretario al Ministero della Difesa con delega ai Servizi Segreti, Dottor Gerardo Borra, e del Capo di Stato Maggiore dell'Esercito, Generale di divisione Arturo De Vita, tutti imputati di associazione a delinquere di stampo mafioso e da pochi minuti ricercati su tutto il territorio nazionale.

Non mi resta che passare la linea alla regia, ci rivediamo dopo alcuni veloci secondi di pubblicità, restate in linea.

Lucilla Loggia da TV-Sat World One.

Fine del volo

Il pilota dell'elicottero sembrava preoccupato, sarebbe mancato poco all'atterraggio e il silenzio radio era divenuto totale, l'area di fronte all'hangar di destinazione era stranamente deserta, sembrava che la base militare fosse abitata soltanto da fantasmi.

Un annuncio via radio lo rassicurò:

«Volo EI 35 HT 6 autorizzato all'atterraggio, piazzola hangar 12, passo»

«Ricevuto, manovra di discesa in corso, chiudo»

Rispose il pilota.

Salvetti non vedeva l'ora di toccare terra, andare in bagno per pisciare e farsi una bistecca al sangue, scolandosi da solo una buona bottiglia di vino rosso.

Fu il primo a sbarcare, subito dopo fu seguito dagli altri, appena scesi anch'essi si diressero decisi verso l'hangar che avevano davanti.

Furono fermati bruscamente a metà percorso da una trentina di teste di cuoio dei carabinieri dei reparti

Nocs, che dopo averli circondati li fecero sdraiare non proprio gentilmente a terra per poi ammanettarli uno ad uno.

Li fecero stare così, in quella scomoda posizione per un bel po', sicuramente non per caso, immobilizzati e legati a pancia in giù.

Soltanto sei ore dopo ciascuno degli arrestati avrebbe varcato l'ingresso di un diverso carcere di massima sicurezza, privo di cintura, stringhe e cravatta.

Niente bistecca e vino rosso, almeno per quella sera.

Capitolo 23

La minaccia

Sarebbe mancato davvero poco ma come accade in tutte le celebrazioni importanti il tempo sembrava scandirsi al rallentatore.

A questo pensava il Primario mentre si asciugava i capelli appena uscito dalla doccia.

Avrebbe indossato finalmente il suo bel vestito, accompagnato la sposa all'altare per poi essere trasferito altrove.

Se fosse sopravvissuto al suo assassinio pianificato per quella sera stessa.

Decise di fregarsene.

Troppe ne aveva viste e vissute e non gli importava più niente di niente, di tutto quanto, era come se avesse fatto la sua scelta, quella della morte della rana lessata a poco a poco, non sarebbe stata affatto eroica, anzi la riteneva assai triste quella sua stessa fine, malinconica e arrendevole.

Si chiedeva quasi se non fosse davvero il momento di tirare una riga orizzontale in basso, per ordinare somme e sottrazioni, per fare un bilancio di tutta quanta quella sua bella vita che ora appariva così tanto sgangherata.

Decise di radersi con il rasoio e ci mise un po' per spalmarsi in faccia la schiuma da barba, la piccola radio a transistor che lo accompagnava da anni stava trasmettendo un brano dei Pink Floyd, si trattava di "Us and Them", tratto dall'album The dark side of the moon.

Decise di alzarne il volume per continuare a pensare.

Mentre con un tri lama realizzava piccole strade sulla sua neve di sapone, i suoi occhi si stavano inumidendo sempre di più e lui se li rimirava dritti allo specchio, senza nessuna vergogna.

Forse aveva davvero esagerato in tutto.

Le donne amiche lo detestavano e sua moglie per

prima, sua figlia lo stava aspettando dopo la violenza che aveva subito e suo figlio si sarebbe sposato da lì a poco, poi lui sarebbe dovuto sparire forse per sempre quella sera stessa e non aveva avuto neanche il tempo necessario per pensare a cosa dire a suoi amici.

I suoi pensieri non sfioravano certo Carlo Artina, con lui sarebbe bastato uno sguardo, pensava invece a tutti gli altri, Antonio Del Santo, Luca Bernardeschi, Stefano Ferretti, Lapo Fioravanti detto Kandinsky, Doc e Duccio, Attilio Medici e Ermanno Malatrasi, Massimo Valente, Francesco Setti Vallerini e l'amico Giulio, Gargiulo, Ernestina e agli altri sparsi intorno, stallieri e marines inclusi.

Forse sarebbe stato meglio non salutare proprio nessuno stava pensando, niente addii o discorsi alati dei suoi, neanche un cenno.

Il buio e basta.

Di una cosa era certo e perfino contento: grazie a lui tutti quegli altri che lo circondavano, uomini e donne incluse non avrebbero avuto complicazioni future, ma quella maledetta telefonata ancora non arrivava e cominciava a preoccuparsi.

Era certo che sarebbe stato contattato e oramai mancava così poco all'evento tanto da ritenere che la cosa non sarebbe per niente successa.

Stava quasi per convincersi quando uno dei suoi telefonini prese a vibrare.

Il numero dava *sconosciuto*.

«Mastri, con chi parlo?»

«Sono il Rosso professore, sorpreso di sentirmi?

Glauco Neri o Ricardo Torres Benetti, come preferisce ricordarmi, faccia pure lei!»

«Aspettavo la sua telefonata Ingegnere, ma le confesso che avevo appena perso ogni speranza»

«Il tempo è galantuomo Dottore, ho aspettato il giusto come vede, ora che ha finito di radersi la pregherei di affacciarsi alla finestra della sua camera, lo faccia presto, aggiungo, e continui a tenere il telefono incollato all'orecchio, sono stato chiaro?»

Il primario ubbidì, spostando di lato la tenda e cercando di guardare per bene.

«Sono davanti alla finestra, Rosso»

«Molto bene Errico.

Cosa vedi sul prato a una trentina di metri sulla destra?»

«Il piccolo Gianni Remedi Banti che gioca con Black, un grosso cane nero come la pece e con accanto un militare»

«Bene Professore, adesso faccia come le dico: esca fuori, una volta sul balcone provi a chiamare il bambino e mi dica esattamente che cosa farà quel militare che gli sta accanto»

Il Professor Mastri fece quello che gli veniva chiesto e dopo aver chiamato il piccolo Gianni, salutandolo agitando il braccio destro, si accorse del militare che estrasse una lunga lama dalla mimetica, un lungo pugnale, si trattava di un pesante machete luccicante, che ora sosteneva dritto e in alto, stava sorridendo, sdentato, guardando il Primario.

«Mi sente Professore?

È ancora lì per caso?

Quel militare non è uno dei vostri Marines né tantomeno uno dei Lagunari che presidiano l'accesso all'isola via mare, lui si chiama Alfonso Do Sival ed è un membro dei miei "Descargatores".

Vede Professore, da adesso lei ha appena sessanta secondi di tempo.

Faccia quello che dico e potrà rimandare la sua morte di qualche ora ma soprattutto sarà riuscito a far sì che la testa del bambino non rotoli sul prato entro un minuto esatto, quindi la prego: prenda lo zaino nero che mi appartiene e si precipiti verso il militare.

Lo faccia subito!

Meno cinquantanove secondi, cinquantotto …»

Mastri afferrò lo zaino e in accappatoio e con mezza faccia rasata si precipitò giù per le scale.

Doveva fare in fretta.

«Cinquanta …»

Mentre terminava la rampa che raggiungeva il piano terra incrociò Luca Bernardeschi che stava salendo e che per l'urto precipitò a terra.

«Quaranta …»

Del Santo in smoking se ne stava di spalle davanti all'ingresso e fu scostato da parte tanto da cadere prima di rendersi conto di cosa stava succedendo.

Ora era fuori.

«Ventinove …»

Era scalzo ma i piedi potevano sopportare il dolore, mancava ancora un bel po' per raggiungere il piccolo ma doveva farcela ad ogni costo.

«Diciannove …»

Ora era il cane Black che lo investiva di peso atterrandolo, forse confondendo la cosa per un qualsiasi gioco dei suoi.

Il Primario riuscì a rialzarsi mentre il cane lo fissava

sbigottito e si rimise a correre.

«Undici …»

Quando fu a portata del piccolo Gianni lo investì con tutto il suo peso, scaraventandolo a terra.

«Quattro …»

Fu così che il Primario lanciò il Graal vero il "Descargator" che lo afferrò al volo, dileguandosi subito verso il boschetto, agile come una lince.

Gianni era salvo e ora Black stava leccando entrambi.

Il bambino sorrideva contento, evidentemente pensava si trattasse dell'evolversi di un bel gioco divertente.

Mastri si abbracciò il ragazzino e lo prese per mano, per poi ritornare verso l'albergo con il cane nero di fianco.

Il telefono del Professore riprese a ronzare.

«Sei contento finalmente maledetto bastardo?»

«Non del tutto Professore, non dimenticare che hai ucciso mia figlia, ricordi?

Oltre ad avermi provocato una marea di casini.

Ora si prepari pure a morire Dottore»

«Sei soltanto una serpe velenosa diavolo di un Rosso e grazie per avermi ricordato di aver messo incinta mia moglie!

Ti troverò prima o poi e ti garantisco che questa volta il mio bisturi non ti salverà la vita.

Te la prenderà invece!

Te la prenderà capito?

Te la prenderà maledetto!»

Scagliò il suo telefonino lontano e fu raggiunto sulla soglia della hall da Luca e Antonio.

Avevano visto e sentito tutto.

Capitolo 24

Dettagli maggiori e minori

Lapo Fioravanti detto Kandinsky aveva appena suonato il campanello della Reggia della Lucertola e siccome andava di fretta prese a bussare forte con il pugno al grande portone laccato di rosso, ad ogni colpo il suo Black abbaiava puntuale.

La cameriera una volta socchiuso l'uscio non fece in tempo a parlare, l'uomo spinse l'anta ed entrò deciso, rischiando di far cadere la ragazza sbigottita, Black prese a correre fuori controllo e veloce su per le scale e lui, una volta sinceratosi che la cameriera stesse bene, decise di seguire il suo cane.

Al primo piano Azzurra passeggiava con il suo abito da sposa, leggera come una piuma.

La mano del famoso stilista che lo aveva concepito si poteva notare da lontano, la mìse consisteva in un tubino di candida seta, dalla gonna cortissima, senza spalline e schiena nuda, una seconda gonna fatta di tulle partiva dai fianchi fino ad arrivare appena sopra il ginocchio, il velo era indipendente dallo strascico, il primo preservava testa e spalle, fino quasi ai piedi, mentre il secondo, lo strascico, appunto, partiva dai fianchi per allungarsi dietro la sposa di almeno tre metri.

Quel vestito era bellissimo e Gemma decise di non pronunciarsi riguardo al costo sostenuto per farlo realizzare, era un pezzo unico e lo stilista di fama internazionale Matteo Brandini Solemias non avrebbe mai potuto dire di no alla famosa imprenditrice e cara amica dei salotti importanti della Milano bene.

Soltanto per i ricami realizzati a mano del tubino, sulle specifiche tecniche del conto finale, erano rappresentate duecento ore di paziente lavoro manuale: fiori e foglie in ricami di seta tutte intente a vestire a ricamo un corpo nudo di donna.

Sebbene fosse così imponente, importante, scenico, ad

Azzurra pareva stranamente leggero, l'unico ostacolo era rappresentato dal tacco dodici, con quello avrebbe dovuto prendere la necessaria confidenza, ma sorrideva ottimista, visto che al quinto passaggio non esitava già più nell'incedere.

Il libro che Gemma le aveva piazzato in testa per ordinare l'elegante e lenta andatura come era stata costretta ad imparare in collegio, era caduto per terra nei primi tre defilé, dal quarto in poi se ne stava in perfetto equilibrio.

La contessina Virginia Paoli Lucifero decise di interrompere l'ultimo percorso della bionda:

«Ti manca questa, Azzurra»

Aveva tra le mani una giarrettiera, ordita con lo stesso ricamo del vestito, fatta anch'essa di fiori e foglie e appena regolata di dimensione dalla migliore sarta della maison, inviata dal famoso stilista per consentire la migliore affidabilità riguardo alla consegna e vestizione di quella sua costosissima opera d'arte.

«Stasera indosserai la tua meravigliosa veste e sotto di essa soltanto le mutandine e questa, che sarà l'ultima cosa che ti toglierai, quando sarà il momento di spogliarti, una volta sola con il tuo René, o magari potrai anche decidere se tenerla, chissà ...»

Mentre ebbe finito di proferire quelle poche parole, la promessa sposa stava indossando la giarrettiera setosa e chissà perché tutte le altre pareva accennassero l'un l'altra intimi decorosi sorrisetti maliziosi d'intesa.

Una volta a posto Azzurra si rimise il libro in testa e si preparò per l'ultima andata e ritorno, ma la porta si spalancò e un piccolo torello nero e senza corna la aggredì, facendola cadere a terra e ricoprendola di leccate sul viso.

Lei ricambiò i saluti contenta e sorridente:

«Piano Black, così mi rovini il vestito»

Subito dopo ad entrare fu la volta di Lapo Fioravanti detto Kandinsky:

«Black! Sitz!»

Il cane raggiunse il padrone e si mise seduto, incredulo e dispiaciuto per non poter approfittare di tutte quelle altre donne da leccare così voluttuosamente in volto, quindi si accontentò di un biscottino profferto dal padrone prima dell'immancabile carezza, per poi sistemarsi placido e buono prendendo a respirare a lingua di fuori.

«Scusate il disturbo ma ho veramente poco tempo a disposizione, vorrei parlare da solo con Gemma, Lucia e Azzurra, se volete scusarci»

La sua determinazione evidentemente bastò nel convincere le altre ad abbandonare in silenzio il salone.

«Susanna, puoi restare anche tu, anzi, ti prego di ascoltare, se non ti dispiace»

Euridice e la contessina si dileguarono dietro la sarta e Kandinsky prese a parlare, finalmente:

«Tra poco una lancia verrà a prelevarti Azzurra, per

condurti a bordo di un veliero che incrocia qua fuori, al largo, da lì sarai trasferita all'hotel, non mi chiedere come, non te lo posso proprio dire.

Gemma e Lucia ti seguiranno ma il loro viaggio avverrà in barca, con cui raggiungeranno l'albergo dalla spiaggetta.

Questo è quanto.

Tra mezz'ora saranno qui e non abbiamo più tempo da perdere, Azzurra dovrà indossare l'abito nuziale mentre per le altre raccomando e suggerisco di salire sulla lancia scalze; tenetevi le calzature in mano intendo, altrimenti rischiate di perdere l'equilibrio e precipitare fuori bordo.

Ci saranno delle troupe televisive professionali che riprenderanno tutto, quindi cercate di adeguarvi alla situazione, nei movimenti e nei vostri dialoghi.

Questo è quello che mi ha detto di riferirvi il Professore»

Lucia fu la prima a reagire.

«Abbiamo capito Lapo, anzi grazie di tutto, capisco che vai di fretta ma voglio chiederti una cosa: a causa di una serie di maledetti fraintendimenti, peraltro provocati da me, mio marito è stato trattato malissimo da tutte noi, mi puoi dire come l'ha presa?

Vorrei scusarmi con lui, prima della cerimonia, assieme a tutte le altre»

«Non mi ha detto granché ma mi è parso di capire che il Professore non è rimasto assolutamente contento dei complimenti ricevuti da tutte voi, anzi tutt'altro, mi ha soltanto riferito che non se li sarebbe mai aspettati e che la delusione che ha provato non avrebbe potuto essere rappresentata a parole, ha anche aggiunto che continuerà a fare del bene perché sa per sua esperienza come reagire alla mancanza dell'altrui riconoscenza.

Mi ha anche incaricato di consegnare questa a te, Lucia»

Estrasse una busta dall'interno della giacca e la porse

alla donna.

«Ora vorrei essere lasciato un attimo da solo con Azzurra, se non vi spiace, soltanto per qualche istante. Poi devo proprio andare»

Lucia raccolse tra le mani la busta che sembrava pesasse quanto un'incudine ingombrante e bollente, Gemma e Susanna le si fecero accanto, meste e serie e tutte e tre si avviarono insieme verso l'uscita.

Lapo Fioravanti detto Kandinsky era rimasto da solo con Azzurra, così estrasse un piccolo malloppo dall'interno della giacca, questa volta si trattava di un panno di pelle di camoscio, colorata di rosso scuro, lo sistemò sul suo palmo destro e con la sinistra prese a sfogliarne l'involucro lentamente.

Con pollice e indice avrebbe poi afferrato uno dopo l'altro ciascuno dei quattro piccoli lembi sugli angoli di pelle scamosciata come se stesse sfogliando una margherita e soltanto alla fine la sorpresa si mostrò intatta alla donna.

Un'antica pistola molto ma molto piccola, cromata a specchio si svelò alla sposina, l'arma brillava a specchio sotto la luce dei led che irradiavano il salone, il microscopico revolver aveva due guance in avorio pallido e ingiallito dal tempo e di lei Azzurra si era innamorata a prima vista.

«È una Derringer, Azzurra, me la sono portata addosso per anni, può sparare due colpi che da distanza ravvicinata possono rivelarsi letali nonostante il suo ridotto calibro ventidue.

L'ho vinta al gioco tanto tempo fa, barando naturalmente e non so bene per quale motivo ma ritengo che debba essere tua, magari te la puoi sistemare addosso, non so come.

Vedi tu.

Prendila pure come il regalo di questo zio, per il tuo matrimonio»

La donna si era seduta accanto al possente Kandinsky, al quale passò la sua mano tra i capelli, mentre lui guardava per terra, proprio per niente contento.

«Zio Lapo, sbaglio o devo insistere affinché tu mi dica altro per caso?»

«Ci sono delle cose biondina, che non dovrei dire, ma penso che di te mi possa fidare: stasera non sarà semplice, è stato deciso di uccidere il Professor Mastri, lui lo sa, e a parte me e adesso tu, nessun altro ne è al corrente.

Tutta quella merda che era contenuta all'interno dello zaino e che si è incaricato di gestire al solo scopo di garantire la sopravvivenza di tutti voi è stata finalmente consegnata a chi di dovere.

Una copia al Pontefice e una copia al Presidente della Repubblica, è accaduto appena mezz'ora fa.

I telegiornali non parlano d'altro.

Il Professore si è accollato tutti i vostri peccati, come l'agnello di Dio.

Se adesso siete tutti al sicuro e non siete più in pericolo di vita, alludo a tutti voi e me compreso, lo

270

dobbiamo soltanto a lui.

Errico non si aspettava gratitudine, di quella sa farne a meno, come ti ho detto, ma sicuramente non avrebbe mai potuto immaginare un tale crollo di fiducia da parte vostra e soprattutto da parte di sua moglie, aggiungo.

Lui voleva soltanto farle una bellissima sorpresa, lei ha dubitato di lui, di nuovo, dopo la sua storia con quel tipo, ricordi?

Cosa ha ricevuto peraltro anticipatamente da lei?

Te lo dico io: offese, insulti e maledizioni e anche da parte di tutte voi»

Azzurra piangeva vergognosa.

«Sai cosa c'è dentro la lettera che ho dato a Lucia cara?

Lo sai cosa contiene?»

«Dimmelo Lapo, cosa stai aspettando?»

«La richiesta di divorzio firmata dal professor Mastri, in bianco Azzurra, proprio come Lucia ha minacciato di pretendere dal Professore, siete contente adesso maledette teste di cazzo?»

Ora era Kandinsky che stava piangendo e Azzurra decise di raccogliere la sua testa a sé, in grembo.

«Quindi stasera sarà assassinato?»

Lui accennò di sì, annuendo con la testa in su e in giù, mentre si stava asciugando le lacrime.

«Non se lo faccio sparire prima io, però!

Sono un mago!

Ricordi sventola bionda?»

Lei sorrise all'uomo con occhi scintillanti di rapida intesa, mentre si stava sistemando per bene la Derringer sotto la sua giarrettiera di seta:

«Facciamo così Lapo: tu lo fai sparire e io secco il killer!

Siamo d'accordo maledetto di un mago, baro, spia e figlio di buona donna Kandinsky?»

L'uomo si limitò a strizzare un occhio arrossato dal pianto alla donna poi chinò la testa in giù, soltanto per non incrociare lo sguardo delle altre mentre usciva, per andarsene, seguito da quel suo bel cane nero.

Lucia stava piangendo rannicchiata in ginocchio nell'angolo della stanza vicina, mentre le altre reggevano la richiesta di divorzio in silenzio.

Capitolo 25

La parata di Torres

Ricardo Torres Benetti era furibondo.

Aveva appena assistito allo show della giornalista ficcanaso, che aveva appena annunciato a tutto il mondo intero la divulgazione dei segreti di cui era tesoriere ma la cosa non lo preoccupava affatto, visto che se ne era occupato appena due giorni prima.

La soluzione per la eventuale variabile che si teneva in serbo senza averla svelata neppure al fratello gemello era stata finalmente adottata.

Era davvero il figlio del diavolo, pensava compiaciuto di sé stesso.

Dimitri Assek, il figlio di Vladimir Assek detto "Vlado", si era occupato di tutto con estrema efficienza.

Avrebbe fatto irruzione nottetempo all'interno della banca svizzera, fino a penetrarne il caveau super blindato, dove il falso Graal veniva conservato, con l'intento di forzarne entrata e sistemi di sicurezza e violarne infine il contenuto, svuotare un centinaio di altre cassette di sicurezza a caso, incluso naturalmente quella contenente il clone dello zaino.

I corpi dei due sorveglianti uccisi e di altrettanti nigeriani avrebbero testimoniato da soli l'intento, l'esito e gli attori e autori dell'irruzione.

Dimitri Assek avrebbe potuto contare su tutte le informazioni necessarie fornite dal Torres per penetrare all'interno della banca, codici, password, chiavi e tutto quanto il resto, per poi lasciare gli inevitabili segni dell'effrazione.

In un colpo solo avrebbe risolto tutti i suoi problemi incombenti e prossimi all'imminente scadenza relativa alla imminente convocazione della commissione.

Primo: lasciando sul posto i corpi dei due nigeriani, apparentemente vittime di un conflitto a fuoco con i vigilantes della banca, come la scena del crimine avrebbe portato ad intendere, incolpava gli africani riguardo all'appropriazione del falso Graal rispetto e in danno alle altre organizzazioni ma lo liberava allo stesso tempo dalla restituzione dei diamanti contenuti all'interno dello zaino a quei *neri merdosi* come amava definirli.

Secondo: tutti gli altri capi malavitosi avrebbero scatenato una vera e propria guerra nei confronti dei nigeriani e nel frattempo scaricato gli ascritti alle liste di garanzia, come il Rosso aveva raccomandato più volte di fare.

Terzo: al posto dei *neri merdosi* avrebbe acquisito il cartello del Boia di Bogotà con i suoi "Descargatores", altre commissioni, altra droga in cambio di valuta e armi.

Era l'ora di rinnovare i contatti e i corrotti da parte di tutti, quindi dette ordine alle mafie di eliminare più gente possibile che fosse indicata, implicata o vicina ai collaboranti indicati dalle associazioni malavitose all'interno delle liste di garanzia.

Nei giorni a venire chi sarebbe stato arrestato dalle forze dell'ordine grazie all'acclarata appartenenza alle mafie avrebbe potuto definirsi beatificato, visto che tutti gli altri sarebbero stati eliminati in fretta, in modo più o meno palese e in diverse parti del mondo.

Sarebbe avvenuta una vera e propria ecatombe.

La prossima riunione si sarebbe tenuta ad aprile e ci sarebbero stati nuovi nomi e nuove garanzie, un cambio generazionale anche ai vertici e nuovi drivers avrebbero garantito di nuovo la routine delle azioni.

Da tutti i nuovi capi internazionali era già arrivato il puntuale assenso a procedere in tale direzione.

Tutto come prima, con rinnovata fiducia e nuovi nomi.

Torres stava brindando insieme a Matilde e Emilio Neri, suo fratello gemello, aspettando soltanto la conferma dell'uccisione del Professore, un'esecuzione in piena regola davanti ai suoi cari amici del cuore, incluso suo figlio appena fresco di matrimonio.

«Ora sarà il turno del Primario, poi toccherà alla giornalista, con calma però, e con la giusta cautela, per lei dovrà sembrare un incidente, magari automobilistico o addirittura domestico, anche a quello penserà Dimitri Assek.

Non appena eliminata mi basterà esibire al figlio del degno padre la foto del povero Vlado con la mannaia piantata in fronte per scatenarlo sugli altri»

Emilio:

«Non vorrei apparire *entrante* fratellone, ma non ti sembra sia il caso di concentrarsi di più sulla Clinica Villa Rosada?

Il traffico internazionale clandestino di organi sta rendendo fiumi di soldi, grazie a quello anche Matilde si è rimessa in carreggiata dopo la batosta ricevuta dal fratello.

Ti ricordo poi che dobbiamo sistemare il Direttore e il Rosso Cardinale per non parlare del Porco Maiale

Pedofilo»

La risposta di Torres non si fece attendere.

«Tranquillo fratellino, il prossimo CDA della Clinica Villa Rosada sarà composto da tre membri: il primario di cui voglio scoparmi la figlia, tu, caro fratellino e Matilde.

Gli altri tre sono già cibo per maiali.

Ne riparliamo a primavera, ora mi voglio concedere un po' di relax, quindi Emilio, ti prego di sciabolare un magnum di champagne ghiacciato mentre tu Matilde, da buona schiava prima di bere avvicinati carponi che ho una sorpresa per te.

Voglio godere aspettando il delitto del secolo!»

Il gemello prese per la cambusa mentre Matilde, nuda, si stava avvicinando gattonando come un bebè verso il divano di Ricardo Torres Benetti che socchiuse gli occhi in tenera attesa.

Non aveva rivelato al fratello gemello di essere di nuovo in possesso del Graal.

Non avrebbe potuto essere accusato di essere stato responsabile della fuga di notizie e della pubblicazione dei files segreti, anzi.

Era stato capace di rientrare in possesso dello zainetto nero, che avrebbe esibito alla prossima convention in segno di vittoria.

In quell'occasione si sarebbe scagionato del tutto e avrebbe potuto pretendere assai più potere dalle organizzazioni criminali da lui amministrate, ne sarebbe stato nominato capo negoziatore indiscusso e tutta la malavita mondiale avrebbe dovuto sottostare ai suo nuovi diktat.

Avrebbe concesso una chance ai nigeriani, in cambio di una ulteriore partita di diamanti naturalmente promettendo che in cambio non sarebbero stati né esclusi né annientati dagli altri a seguito di un suo semplice cenno.

Quaranta milioni sarebbero bastati pensava soddisfatto mentre finalmente godeva.

Capitolo 26

I pensieri del mago Kandinsky

Lapo Fioravanti detto Kandinsky stava guidando verso casa Ferretti, mordicchiando il suo toscano spento mentre ripensava a tutto quello che sarebbe successo ma soprattutto alle tante cose accadute prima.

Ne mise a fuoco una, di quelle cose, in particolare, si trattava di una conversazione intrattenuta con il Professor Mastri, circa un mese prima, vicino alle scuderie di Fortezza di Campagna:

«Avrei necessità di sapere delle cose da te Lapo, se mi puoi concedere qualche minuto»

«Ci mancherebbe, Errico, in fin dei conti sono appena le due di notte e non ho affatto sonno, scherzi a parte Professore, può chiedermi quello che vuole»

«Sono estremamente incuriosito riguardo alla tua carriera di mago circense, caro il mio Lapo, mi riferisco ai numeri nei quali ti esibivi, quali erano i tuoi preferiti?»

«Non saprei darti una risposta esauriente, i miei trucchi più riusciti erano senza dubbio quelli legati alla prestidigitazione, alludo a carte da gioco e piccoli oggetti, conigli e colombe inclusi, quelli che amavo di più erano rappresentati dalle sparizioni di soggetti dal palcoscenico, sia che si trattasse di una mia assistente che proprio mia personale»

«Sarei interessato proprio alle sparizioni in pubblico Lapo, puoi dirmi di più?»

«Posso anche svelarne il trucco principale Professore, è il più facile ed elementare di tutti, vede, il mio caro vecchio maestro di magia mi ricordava sempre:

I trucchi piccoli necessitano di alta abilità, massima preparazione e prove infinite, quelli grandi (intendeva a livello scenico) *basta provarli un paio di volte, tutto consiste nel realizzare bene i diversivi, se sbagli quelli addio al successo del numero»*

282

«Puoi spiegarti meglio mago Kandinsky?»

Lapo si riaccese il sigaro mentre Mastri gli stava porgendo una delle ultime birre della lunga giornata.

«Grazie Dottore, allora volevo dirti: la cosa più importante è distogliere l'attenzione del pubblico quando metti in pratica il trucco, la qualcosa risulta assai più facile se puoi contare su gran parte del proscenio, ma altrettanto più difficile quando i giochi di prestigio vengono eseguiti con le singole mani, cerco di piegarmi in parole molto povere.

Ascolta bene: mettiamo che il numero consiste nella sparizione della mia valletta, scomparsa dall'interno di una scatola magica per finire sotto il palco e riapparire a dieci metri di distanza.

Non appena lei lascia il primo involucro immediatamente un'altra collaboratrice, vestita e truccata in modo identico è pronta a manifestarsi più distante di parecchi metri, a quel punto tutto il pubblico sarà spinto a credere che la prima a sparire sia ricomparsa contemporaneamente così distante e nello stesso identico momento.

Ora, rifletti per bene: lei non è la prima valletta, assomiglia soltanto a quella scomparsa, ma è troppo distante per essere riconosciuta dal pubblico, allora ecco che alla mia destra avviene un'esplosione di luci e di suoni, poi a sinistra e di nuovo a destra.

In quel preciso istante avverranno due cose: gli occhi del pubblico saranno attratti per una frazione di secondo da quelli che io chiamo diversivi, falsi allarmi insomma.

Nello stesso istante la prima valletta sbucherà da una quinta per prendere il posto della sosia, che si sarà dileguata a sua volta.

La gente potrà soltanto realizzare che una persona che prima magari ho simulato di segare a metà e semmai anche infilzata più volte con spade è scomparsa per poi apparire all'istante, sana e salva, da molto lontano.

L'applauso arrivava sempre e puntuale quando la mia

collaboratrice si faceva vicina ed io, dopo un accenno di inchino, le portavo la mano destra in altro mentre lei sorrideva a tutti quanti.

Elementare vero?»

«Elementare quanto geniale direi, non avrei mai pensato ad una tecnica come quella dei falsi allarmi, dei diversivi intendo»

«Gira tutto intorno a quella Errico, si tratta di far sì che l'attenzione di chi ti sta guardando si concentri anche per un attimo su un'altra cosa, al mago basterà un singolo breve istante per approfittarsi della situazione, et voilà»

«Se non avessi a disposizione un palcoscenico come potresti farmi sparire?»

«A quel punto penserei di usare la tecnologia Professore, ma la cosa dovrebbe accadere nel buio totale, almeno per un attimo, posso chiedere cosa vuol sapere da me esattamente Dottor Mastri?»

Le sue domande mi sembrano assai circostanziate.

285

«Vengo subito al sodo, Lapo: ammettiamo che una persona sta per essere uccisa, la vittima è sola e indifesa, davanti a molte altre più lontane, sapresti salvarla con uno dei tuoi trucchi?»

«Assolutamente sì Professore, ma lei sta alludendo a un numero diverso dal precedente, anche se molto simile, si chiama sparizione e ritorno artificiale, le spiego, ammettiamo che la vittima sia proprio lei e che il luogo dell'omicidio sia rappresentato da una terrazza all'aperto.

È buio e l'ambiente è illuminato da potenti fari.

Una volta entrato in scena supponiamo che lei si diriga verso la balaustra per salutare il pubblico, con il suo assassino alle spalle pronto a fare fuoco»

«La scena mi sembra sfortunatamente realistica, continua Lapo, ti prego»

«Ora viene il bello Professore.

Primo: diversivo! Le luci si spengono per un blackout simulato, lei indosserà velocemente un cappuccio nero, nasconderà le mani in tasca e si accartoccerà in un angolo, appena sceso dal suo basso piedistallo.

Secondo: soltanto due fari faranno di nuovo luce, illuminando il luogo dove lei era posizionato precedentemente.

Terzo: non appena invasa dalla luce, la pedana proietterà la sua esatta copia sotto forma di ologramma.

Quarto: il killer farà fuoco ma il falso lei sembrerà non reagire, allora l'assassino sparerà di nuovo, avvicinandosi alla proiezione tridimensionale, fino a quando la canna della sua pistola non attraverserà la nuca della sua vittima.

Soltanto allora realizzerà di essere stato raggirato e lei dovrà approfittare di quei pochi secondi per presentarsi dietro di lui e magari spingerlo, scaraventandolo giù dal terrazzo.

L'applauso sarà sicuramente assordante, ci può scommettere Professore, mi deve soltanto credere»

«Complimenti Lapo, veramente incredibile, manca però un piccolo particolare, quella specie di proiettore intendo, sarà una cosa rara quanto costosissima, ammesso che poi esista davvero»

«Ne esistono di vari modelli, Errico, pensi che negli Stati Uniti già da qualche tempo si organizzano concerti utilizzando l'olografia di Elvis Presley ad esempio.

Il problema Professore consiste nel fatto che l'immagine è assai imperfetta, nel senso che assistendo alla proiezione dell'ologramma da distanza ravvicinata si nota benissimo la mancanza di dettagli, mentre dalla platea lo spettacolo è garantito, più si è lontani più il trucco funziona»

«Quindi uno di questi aggeggi non farebbe al caso nostro»

«No! Non uno di quelli, Professore!

Io pensavo ad uno di quelli di ultima generazione, saranno in commercio tra qualche anno e per adesso esiste soltanto qualche prototipo sperimentale, parliamo di grandi segreti aziendali, Errico»

«Quindi irraggiungibili Kandinsky, o mi sbaglio forse?»

«Non direi proprio Professore: il più avveniristico e promettente tra i modelli di ultima generazione è quello sviluppato da un'azienda italo americana, la Avionica & Space Lab.

La Presidente del Consiglio di Amministrazione e titolare del novanta per cento delle quote azionarie si trova a poca distanza da noi Professore, sto parlando della dottoressa Gemma Remedi Banti»

Il Mastri restò letteralmente sbigottito da quell'ultima citazione.

«Professore, si sente bene?»

Per tutta risposta il medico se lo abbracciò stretto:

«Grazie Lapo Fioravanti detto Kandinsky, il più grande mago del mondo, sei veramente un grande amico, magari e aggiungo forse mi hai appena salvato la vita»

Lapo non capì e decise di non indagare troppo su quanto appena ascoltato ma adesso mentre stava parcheggiando l'auto di fronte a casa Ferretti aveva ripercorso il piano del Professore e ricomposto il puzzle da quella sera in Fortezza di Campagna in poi, fino a quello stesso momento.

Capitolo 27

Nave Vespucci

La lancia di Nave Vespucci aveva appena attraccato al pontile di Reggia della Lucertola, un giovane aitante guardiamarina stranamente adatto allo scopo, scortato da due marinai, fu ricevuto all'entrata, dopo l'infinita scalinata che conduceva all'ingresso principale della villa.

Le donne già agghindate stavano aspettando, impazienti, nel salone.

Appena fatti accomodare all'interno, Gemma si fece incontro ai tre, offrendo loro una flûte di prosecco, l'ufficiale accennò appena ad un baciamano, rilasciandosi dal precedente attenti:

«Purtroppo, sono costretto a rinunciare madame, siamo in servizio e ci è assolutamente e tassativamente proibito assumere alcolici»

Azzurra decise di accorrere in aiuto all'amica:

«Vorrà dire che non ci schioderemo da qui!

A meno che non ci facciate la cortesia di partecipare al mio ultimo brindisi da nubile, tenente, tre sorsi di spumante non potranno certo mettere a rischio la vostra missione, d'altronde, non certo a tre marcantoni come voi, aggiungo»

«Giusto un sorso signorina Azzurra della Porta, cerchiamo di non far venire fuori l'episodio però, siamo tutti d'accordo?»

Fu allora che lanciò un rapido sguardo alle sei donne.

«Sto parlando anche a voi due »

Pronunciò severo rivolgendosi ai suoi due marinai.

«Volete svegliarvi per cortesia?»

«Comandi signore, risposero a turno entrambi afferrando ciascuno un calice»

L'ufficiale di marina decise di anticiparsi nel tempo, che cominciava a farsi tiranno:

«Brindiamo alla sposa e alle sue bellissime amiche», poi con fare elegante si diresse verso il buffet che ospitava pasticcini e altro millesimato.

«Chiedo scusa, posso?»

Stava versando tre calici che subito dopo porse alle tre eleganti cameriere che se ne stavano in piedi ai lati del gruppo, il quarto fu per la sarta.

«Vogliate scusare la mia intromissione, vi prego di non prenderla come una mancanza di rispetto, ma credo che dovrebbero brindare veramente proprio tutti quanti i presenti.

Azzurra si avventò sorridente verso il tenentino che abbracciò, stampandogli del rossetto rosso su ciascuna delle guance:

«Ufficiale e gentiluomo!»

Lei è proprio un vero comandante tenente, complimenti, quindi strinse forte la mano al guardiamarina e invitò le tre ragazze e la sartina, visibilmente impacciate nel farsi avanti per partecipare al brindisi.

Alla cameriera mora dagli occhi verdi e di nome

Martina accennò telegrafica un consiglio, sussurrandole all'orecchio:

«Se non dai il tuo cellulare al tenente ti faccio licenziare in tronco!»

Lei sorrise complice nell'accettare l'invito e decise di partecipare al brindisi di buon grado, insieme alle altre.

Gemma decise di suggellare il momento:

«Alla sposa più bella di sempre!

Ti vogliamo tutti un mare di bene Azzurra e ti auguriamo che a partire da questa sera in poi per te ci sia soltanto amore e tanta felicità.

Cin cin a tutti!»

Paolina aveva appena premuto il tasto play dell'impianto audio e "Na hora de Paraiso" di G. Sound inondò la stanza, Gemma invitò due delle hostess a farsi un giro di ballo con i marinai, mentre Azzurra afferrò la mano di Paolina, strattonandola decisa quanto elegante verso il guardiamarina, che non fece altro che aderire al gentile invito.

La promessa sposa si rivolse maliziosa verso l'amica Gemma:

«Queste ragazzine non sono poi così tanto sveglie, non credi?»

L'altra le sorrise, annuendo, mentre era intenta a sistemarle di nuovo sulle labbra l'assenza di quel rossetto lasciato sulle guance dell'ufficiale.

La lancia si stava dirigendo a velocità sostenuta in direzione della nave madre, avevano perso del tempo che doveva subito essere recuperato.

Inevitabilmente qualche spruzzo di acqua marina avrebbe investito tutti e tutte ma quello non avrebbe rappresentato un problema, tantomeno per Azzurra, avvolta in una generosa coperta di bianca lana di alpaca.

Il sole stava per tramontare e le luci del veliero si potevano adesso intravedere più nitide.

La nave più bella del mondo, illuminata a giorno nella

semioscurità stava aspettando vicina e austera, il suo comandante e i suoi ufficiali attendevano in coperta indossando l'uniforme di gala, l'equipaggio aveva raggiunto i posti da parata.

Quando Azzurra e le altre realizzarono che si trattava della Amerigo Vespucci furono colte da un senso comune di così tanta sorpresa che la cosa apparì quasi metterle a disagio, avevano le bocche spalancate e gli occhi sgranati, sognanti, increduli, ma allo stesso tempo anche rapiti compiaciuti e felici.

Il guardiamarina sorrideva a sua volta, era riuscito a recuperare il tempo perduto e si stava reggendo, afferrata una cima con la mano sinistra e sistemato sull'attenti, badando a mantenersi per bene in equilibrio.

Sul palmo destro aveva impresso un numero di telefono scritto a penna.

Era quello di Paolina, che non avrebbe voluto si cancellasse per fortuiti ed inutili attriti inopportuni, quindi decise di sorridere di nuovo per poi assumere finalmente un atteggiamento adatto alla situazione, meno sognante e decisamente più solenne e decoroso.

La sposa fu trasferita su una seconda lancia che stava per essere issata a bordo, mentre quella su cui erano imbarcate le altre, fece subito rotta verso il piccolo pontile di Hotel Villa Giulia.

Prima di mettere piede sul ponte di Nave Vespucci, Azzurra volse lo sguardo verso le sue amiche, salutandole e sforzandosi di non piangere, lo fece agitando in alto un braccio, le altre risposero al saluto a loro volta, il suono alternato del fischietto del nostromo annunciava l'arrivo dell'ospite a bordo, nel saluto la leggera coperta di bianca lana d'alpaca scivolò dalla presa alla sposa, perdendosi svolazzante in mare, fu così che riuscì finalmente, aiutata da due giovani ufficiali, a salire a bordo.

La vista di tanta sconvolgente bellezza paralizzò tutti quanti, dall'Ammiraglio al più giovane dei cadetti imbarcati.

Il comandante esitò un attimo prima di mettersi sull'attenti ed esibire un perfetto saluto militare, subito seguito da tutti gli altri ufficiali.

Tre hurrà cadenzati da parte dell'equipaggio ruppero il rumore di vento e di frusciar di vele.

La troupe televisiva inviata da Lucilla Loggia aveva ripreso tutto quanto già dalla partenza della lancia da Reggia della Lucertola, ora l'elicottero dei cameramen stava sorvolando per la seconda volta Nave Vespucci, mentre la sposa veniva accompagnata a prua, dov'era stato creato abbastanza spazio per ospitare chi avrebbe prelevato la sposa per condurla all'altare.

Il buio era quasi totale e si confondeva con il mare nero tutt'attorno, l'unica cosa che riusciva a non far prevalere le centomila stelle di quel firmamento privo di nubi fu una lucetta che si stava avvicinando dall'alto.

Un grande pallone aerostatico si stava librando

leggero nel cielo in direzione del veliero, era appena sceso di quota, viaggiando lento e diretto in direzione di Nave Vespucci.

La mongolfiera era di colore azzurro intenso, intervallato da stelle bianche luminescenti di varie dimensioni, il pilota manovratore, l'astrofisico Venanzio Gargiulo se ne stava accovacciato all'interno della cesta di vimini, come precettato dal Professore Mastri: sarebbe dovuto sembrare come se il pallone volante si spostasse da solo senza nessuno alla guida, per posarsi per qualche secondo sul ponte del veliero, imbarcare la principessa bianca e poi dirigersi verso la costa.

Tutto avvenne nel giro di poco e non appena la mongolfiera, una volta salita a bordo Azzurra, prese a riprendere quota, al saluto della sposa rivolto al veliero e a tutto l'equipaggio, fece eco uno scroscio di applausi da parte di tutti i presenti a bordo.

Le telecamere avevano ripreso tutto, ora i droni

accompagnavano ronzando a rispettosa distanza la mongolfiera, mentre l'elicottero si sarebbe diretto all'hotel per le panoramiche dall'alto e subito dopo avrebbe sbarcato i cameraman per i servizi al suolo.

Ad Azzurra sembrava davvero di volare e non riusciva proprio a capacitarsi di niente.

Le sembrava tutto così incredibilmente molto bello e fantastico.

Nella sua mente aveva soltanto René, la sua gioia era accompagnata però da un grandissimo dolore: quella sera sarebbe stata accompagnata all'altare dal Professor Mastri, come avrebbe chiesto al Primario tempo addietro, ricevendo peraltro un'adesione felice quanto immediata.

«Ti farò da padre Azzurra, con assoluto e sincero piacere, così come Lucia ha accettato di accompagnare René, rivestendo il ruolo di sua madre, la mia cara Paola, e che purtroppo non è più tra noi»

La promessa sposa doveva comunque fare in conti

purtroppo con una consistente dose di tristezza che la angosciava.

Sua zia Ines non avrebbe avuto più tanto da vivere e sarebbe stata davvero felice di poterla avere lì, in quel momento così importante e speciale per lei.

Incrociare gli occhi lacrimosi di gioia della zia sarebbe stato come perdersi negli occhi di sua madre, ne era certa.

Anche suo fratello Massimo non ci sarebbe stato quella sera, non si sentivano da mesi e aveva pianto tanto per lui, avrebbe voluto soltanto poterlo risentire un attimo al telefono, ma non era stato mai possibile, dall'incontro con di René in poi.

Decise di smettere di versare lacrime e approfittò di due Kleenex offerti da Gargiulo che finalmente si era potuto alzare almeno per sgranchirsi un attimo, prima di rannicchiarsi di nuovo, tra non molto sarebbero arrivati.

«Cerca di sistemarti Azzurra, così ti rovinerai il

trucco, a cosa stai pensando?

Chi ti manca Azzurra?»

«Grazie Gargy, mi manca mia zia, mi manca mio fratello, mi manca una cazzo di sigaretta, come direbbe Antonio Del Santo!»

I due presero a ridere entrambi e lo scienziato rispose ironicamente serio:

«Per la sigaretta niente da fare, altrimenti rischiamo di esplodere, riguardo a tua zia Ines e a tuo fratellone Massimo, beh, cosa ti devo dire?

Cerca di non perdere le speranze Azzurra.

Ora mi devo chinare di nuovo, tra poco atterriamo, goditi il panorama»

«Sei un angelo di uomo Gargy»

«E tu sei uno splendore di donna Azzurra, davvero in tutti i sensi, ti prego di credermi»

Stavano sorvolando il piccolo pontile di Villa Giulia e si cominciava a distinguere l'alone delle luci della cerimonia, mancava veramente poco per vivere l'avverarsi di quel suo magnifico grande sogno così mai tanto e mai troppo anelato.

Capitolo 28

Agenda fuori controllo

Al Professore piaceva quell'abito da cerimonia appena indossato, nonostante se lo sentisse un tantino stretto, si rimirò un paio di volte frettoloso allo specchio, la prima dopo essersi fatto il nodo alla cravatta, la seconda dopo aver indossato con fatica i gemelli.

Di solito nel farlo veniva aiutato da Lucia.

Completata con fatica la manovra si concesse un singolo pensiero per lei, prendendosi qualche minuto in piedi, sul terrazzo della camera.

Come era potuto finire tutto così tra loro l'avrebbe saputo soltanto Dio in persona, la sua anima si era strappata per l'immensa delusione provata, e nonostante i suoi tentativi di rassegnazione, gli sforzi di archiviazione emotiva, il pensiero per lei prevaleva costantemente.

Sentiva di amarla ancora e tanto, nonostante l'attrito causato dall'urto sismico che ancora avvertiva dentro di sé bruciava silenzioso proprio dentro il petto, ripresentandosi puntualmente ogni singola volta che capitava di pensare a quella che oramai da poco riteneva essere divenuta la sua ex moglie.

Aveva tentato, peraltro riuscendoci, di autocensurare ogni sua emozione al riguardo, cercando invano di utilizzare ogni tipo di espediente che la sua illustre e agile mente sarebbe riuscita a partorire, come l'ira, delusione, tristezza, ironia, e rassegnazione, tutte emozioni che puntualmente era riuscito a rintuzzare anche grazie all'adrenalina provocata dagli ultimi fatti.

Le sue preoccupazioni erano svanite, quantomeno quelle, sorrise un attimo.

Tra poco tutto sarebbe stato archiviato come passato prossimo e tra qualche tempo, poi, remoto.

I guai sarebbero stati scongiurati e ai suoi cari, figlio,

305

nuora e amici inclusi nessuno avrebbe mai più torto un solo capello.

Gli restava soltanto di affrontare quelle ultime inesorabili e decisive poche ore, per poi forse anche morire.

L'aveva messo in conto.

Decise di sorridere di nuovo, rassegnato e per niente sereno mentre un'autentica preghiera di ringraziamento scaturì sincera tra i suoi pensieri e che a occhi socchiusi decise di concedersi.

René bussò alla sua porta, che attraversò, subito dopo, seguito da Gualtiero, interrompendo i pensieri:

«Papà siamo pronti finalmente, mancano soltanto due nodi per le cravatte e qualche altra sciocchezza veloce.

Errico andò incontro a suo figlio per stringerlo stretto in un abbracciò che decise di interrompere subito, mascherando la tristezza circa il suo prossimo inevitabile allontanamento da lui e dagli altri, con uno dei suoi sorrisi rassicuranti.

Mentre completava rapido il primo nodo, si accorse soltanto dopo aver parlato, di aver commesso un errore ciclopico.

«Ormai è troppo tardi René, tra dieci minuti dobbiamo scendere, les jeux sont faits, comunque dimmi figliolo, di quali sciocchezze stai parlando?»

René si fece serio, dopo aver volto rapidamente lo sguardo verso Gualtiero che lo rassicurò, annuendo silenzioso mentre il Professore accalappiava il suo collo sicuro per il secondo ed ultimo nodo, quindi prese coraggio e decise di fare in fretta a parlare:

«Abbiamo avuto qualche problemino pa', niente di serio intendo, tutte cose risolvibili in fretta ma era necessario metterti al corrente»

Mastri decise di ascoltare finalmente e dopo aver consultato l'orologio impaziente, si era accomodato sul letto seduto, accendendosi una sigaretta per poi azionare platealmente il cronometro al polso:

«Riesci a dirmi tutto in tre minuti figliolo?»

René rispose senza indugio:

«Ora potete entrare!»

Il Dottor Luca Bernardeschi, Antonio Del Santo, Massimo Valente e Francesco Setti Vallerini fecero ingresso, mesti, nella stanza.

Erano tutti perfettamente agghindati, quanto evidentemente imbarazzati, Valente fu il primo a parlare:

«Ha ricevuto delle comunicazioni importanti Professore, molto importanti, il Vaticano ti ringrazia con un augurio del Santo Padre in prima persona, segue il Presidente della Repubblica e il Segretario di Stato statunitense, ti hanno inviato dei brevi messaggi che ho ritenuto opportuno montare in un singolo video, sostanzialmente si parla di ringraziamenti riguardo all'esito della consegna del contenuto del Graal, per terminare con i più sinceri auguri per il matrimonio»

L'ex venditore di aspirapolvere porse il suo telefono a Mastri che dovette ignorare il cronografo impietoso, sanciva la fine del tempo concesso.

I filmati erano stati mixati uno dopo l'altro e le eccellenti personalità si alternavano in brevi video di ringraziamenti, auguri, congratulazioni e promettenti decorazioni future.

Il più curioso fu ritenuto dal medico quello del Segretario alla Difesa Statunitense che terminava con un: "… il nostro Presidente si augura di incontrarla presto alla Casa Bianca, Professore, per conoscerla e insignirla della più alta nostra onorificenza, nel frattempo voglia gradire da parte di questa amministrazione un piccolo presente assolutamente dovuto per la sua opera svolta …"

L'ultimo, e brevissimo, subito dopo quello del Presidente della Repubblica, quello del Pontefice: "… un abbraccio sincero a lei e alla sua famiglia Professore, e si ricordi che preghiamo per lei …"

Il Professore si era alzato e adesso se ne stava ritto in piedi:

«Non riuscirete a farmi commuovere, direi di andare adesso, che ne dite?»

Francesco Setti Vallerini si fece incontro al Professore, facendo cenno al primario di mettergli a posto a sua volta il nodo della cravatta veramente proprio mal riuscito:

«Se sei d'accordo mandiamo il filmato subito prima dell'arrivo della sposa, giusto per placare gli animi dei soldati, quelli sono già su di giri da un po', che ne pensi Errico?»

La risposta fu immediata:

«Fate quello che volete, tanto oramai è rotta, c'è altro?»

Ora sarebbe stato il turno di Del Santo e del Dottor Luca Bernardeschi, il primo:

«Sicuro che noi due dovremo stare relegati accanto alle nostre compagne?»

«Non sarai al sicuro da solo Errico, lo sai questo o no? Cazzo!»

«Sono più che sicuro e non ammetto alcuna variabile! Voi due avrete l'incarico di stare accanto e proteggere le donne, credevo di essere stato chiaro!»

I due annuirono subito ma il secondo aveva ancora qualcosa da aggiungere:

«Il Vaticano ha inviato dodici guardie svizzere, in uniforme storica per giunta, a titolo di particolare e sincero ringraziamento, con tanto di alabarde e divise storiche, anche il Quirinale ha pensato bene di far sbarcare due ore fa una dozzina di corazzieri, che ho pensato bene di sistemare a lato del percorso, vicini all'altare, poi si sposteranno di lato durante il rito»

Mastri sembrava veramente stupefatto e anche il suo memorabile aplomb stava per essere messo decisamente a dura prova:

«Hai fatto bene Luca, c'è dell'altra maledizione?»

Gli occhi del Primario fissavano tutti gli altri

minacciosi:

«L'ultima cosa e poi andiamo, continuate a ripetermi!

Penso che avete perso tutti il cervello!

Fate quello che volete!

Adesso dobbiamo andare e di corsa, tra poco arriverà la sposa e non abbiamo più tempo da perdere!»

Il Primario si diresse deciso verso l'uscita quasi infuriato e gli altri lo seguirono soddisfatti e frementi, badando bene a non farsene accorgere, come dei ragazzini.

Era giunta finalmente l'ora di celebrare le nozze.

Capitolo 29

René all'altare

All'esterno sembrava tutto veramente a posto, pensò Mastri appena fuori l'hotel.

L'altare era stato sistemato a una ventina di metri di distanza dall'ingresso, appena al di sotto della breve e larga scalinata che conduceva al giardino, subito dopo erano stati allestiti dei tavoli rotondi, apparecchiati a dovere ma senza troppo sfarzo, una gran quantità di sedie sarebbero state occupate dai militari che in buona parte già si erano accomodati, il grande palco era stato sistemato in alto a sinistra mentre all'estrema destra il gigantesco maxischermo stava proiettando immagini dell'isola, riprese panoramiche, girate dal mare e dall'alto.

C'erano fiori dappertutto e i colori prevalenti erano l'azzurro e il giallo, le donne potevano ritenersi soddisfatte, il Dottor Luca Bernardeschi aveva un po' esagerato nell'ordine per la fornitura, triplicando i quantitativi indicati da Gemma, Lucia e Susanna.

Qualche tavolo era già stato presidiato, ad uno di quelli stavano seduti Carlo Artina con accanto Cynthia e le sue tre amiche.

Il Professore decise di salutare loro, per primi.

Carlo si alzò per andare incontro al medico e un breve e sincero abbraccio bastò per evitare parole superflue, aveva preteso di avere al suo tavolo anche Ines, la zia di Azzurra, che fu la prima ad essere salutata dal Mastri.

«È il tavolo più prossimo all'altare signora Ines, da qui potrà godersi tutto senza doversi alzare, spero sia contenta di essere qui»

La donna era visibilmente emozionata, quasi incapace di parlare, sia per il suo stato d'animo, che a causa dei suoi malanni:

«Non avrei dovuto intraprendere questo viaggio, Professore, il mio medico ha preteso addirittura una liberatoria.

Ma ho deciso così!»

Vedere Azzurra vestita da sposa sarà l'ultima delle bellissime poche cose che aspetto di apprezzare, dopo non importa ciò che mi aspetterà, devo memorizzare tutto per bene, so per certo che fra non molto, mia sorella Antonella ed io saremo di nuovo insieme e lei vorrà sapere tutto quanto nei minimi dettagli»

A Mastri si allagarono gli occhi e fortunatamente il fratello di Azzurra intervenne suo malgrado in soccorso al medico.

«Buonasera Professore, sappia che non finirò mai di ringraziarla»

Quell'uomo aveva negli occhi la stessa carica di sua sorella Azzurra, uno sguardo sincero, determinato, coraggioso e leale, aveva con sé il suo sassofono, avrebbe suonato lui all'arrivo della sposa, lo avrebbe fatto dal prato, con lo strumento microfonato, si trattava di eseguire l'assolo del brano che il Mastri aveva scelto per accompagnare Azzurra all'altare.

Massimo, il fratello della bionda aveva studiato le note il pomeriggio precedente, e dopo averlo provato e riprovato era finalmente pronto per l'esibizione.

Carlo si prese Mastri da parte in maniera gentile:

«Tutto bene Frank? Allora è sicuro che te ne vai?»

«Purtroppo sì, Carletto mio, non so ancora se a titolo definitivo o provvisorio, ma sicuramente me ne dovrò andare stasera stessa, questo pare sia ormai l'unica cosa certa»

Anche Cynthia Camdell si era alzata dal tavolo e ora stava abbracciando il medico, poi, una volta lasciata la presa lo guardò fisso negli occhi:

«Abbi cura di te Errico, e piuttosto mi raccomando, cerca di farti vivo se puoi, non sparire per sempre e ricordati: per qualsiasi necessità sai che devi contare su di me, in qualsiasi parte del mondo tu ti possa trovare.

Tu chiama e io arrivo subito»

Il medico si limitò a baciarle la mano, più a lungo del solito, proprio però nello stesso preciso istante in cui le altre donne si stavano avvicinando.

Sua moglie Lucia, Susanna Gennaro, Gemma Remedi Banti, Euridice Siniscalchi e la contessina Virginia Paoli Lucifero stavano arrivando, eleganti quanto splendenti.

Mastri le guardò in maniera distratta, non era per niente a suo agio nonostante non avvertisse imbarazzo alcuno, la delusione avvertita nel pomeriggio durante la sua inquisizione aveva lasciato il segno e Lucia fu la prima ad accorgersene.

Toccò a Carlo fare gli onori di casa, presentando a donne e compagni sopraggiunti sia Cynthia che le sue famosissime amiche sudamericane.

Lucia però doveva e voleva parlare con Errico, ora o mai più:

«Errico, ti dovrei parlare, hai un minuto?»

«Temo di no Lucia, devo raggiungere l'ingresso per

poi accompagnare Azzurra all'altare e prima tu dovrai fare lo stesso con René, non abbiamo davvero proprio tempo»

«Quindi poi te ne andrai e a me resterà soltanto un divorzio firmato in bianco?

È così che pensi che debba finire tra noi?»

Era seria, serena, decisa e bellissima come non mai.

«Ti ricordo che l'dea è stata tua Lucia.

Ora scusa ma dobbiamo proprio andare»

Il medico si stava avviando verso il figlio René che attendeva, da solo e nervoso, non molto lontano ai lati del prato, dovevano fare in fretta, la luce della mongolfiera che portava la sposa era apparsa all'orizzonte e il suo arrivo sarebbe stato questione di pochi minuti.

Durante il cammino verso la sua méta il professore avrebbe dovuto stringere tante mani, quelle dei soldati in mimetica che ora avevano affollato del tutto la platea e che, al passaggio di Mastri, intendevano

318

manifestare soltanto stima e rispetto.

Lui proseguì senza fermarsi, dispensando sorrisi e strette di mano frettolose, mancava davvero poco e finalmente aveva raggiunto René.

«Tutto bene figliolo? Ti vedo un po' teso o mi sbaglio?»

«Non sbagli affatto papà, non credevo che potesse succedere tutto questo, non finirai mai di sorprendermi e spero di non deluderti mai come figlio. Mi hai dato e mi stai dando così tanto che sembra che tu sia stato sempre con me, e non puoi sapere quanto tu mi sia mancato in tutti questi anni»

Il Professore, dopo esserselo abbracciato stretto, accennò al ragazzo alcune poche cose, dopo averlo invitato a guardare davanti a loro:

«Vedi laggiù René?

Vicino all'altare intendo, alludo alle Guardie Svizzere inviate dal Vaticano, e ai Corazzieri inviati dal Presidente della Repubblica»

319

«Vedo papà, è uno spettacolo sensazionale, davvero, si sono appena schierati anche trenta marines in alta uniforme»

«Non ho chiesto io il loro invio, te lo potrei giurare, ma ritengo che non siano qui proprio per caso.

Vedi René, io vorrei che tu e Azzurra leggeste bene quello che simbolicamente sta succedendo questa sera intorno a voi, questa non è assolutamente una parata militare.

Voglio credere e sperare soltanto che questo vostro matrimonio sarà fondato su Dio e sulle leggi dello Stato, valori sorretti e condivisi anche e soprattutto da quei pochi e intimi amici che vi saranno vicino stasera, sono stato chiaro René?»

«Ho capito perfettamente papà»

Dopo che mi avrai lasciato davanti all'altare, e subito dopo i tuoi saluti a tutti, quando ci rivedremo?

«Non lo so figlio mio, questo proprio non te lo so dire, non so neanche dove mi porteranno se tutto andrà come spero accada, mi spiace, ti prego di credermi davvero»

Il ragazzo continuò a fissare il padre negli occhi, quasi volesse imprimere per sempre nella sua memoria il volto dell'uomo, aveva la sensazione che si trattasse dell'ultima volta che l'avrebbe visto, così vicino, così suo, così maledettamente importante per lui.

Le luci intorno si stavano affievolendo e dovevano avviarsi, la musica di "Why" la canzone per la piccola Soledad si stava diffondendo.

I cameraman erano pronti e sparsi intorno, i droni svolazzavano impertinenti in alto, sorvolando l'altare, Kandinsky stava facendo dei cenni con la mano destra all'indirizzo dei due, subito dopo l'avvio della musica indicò dieci dita, togliendone una alla volta, quando l'ultimo pollice sparì, Lucia e René presero a incamminarsi verso l'altare.

Lo sposo e la donna prima si baciarono delicatamente le guance, poi lei lo guardò fisso negli occhi:

«Cerca di goderti tutte le emozioni del mondo stasera René, prova a pensare che io sia la tua vera madre, qui insieme a te, e cerca di sorridere piuttosto, sei così serio»

Lui la guardò a sua volta:

«Sono soltanto preoccupato per mio padre Lucia, non so se ci vedremo ancora»

«A chi lo dici figlio mio, a chi lo dici»

Dopo i primi passi il ragazzo riuscì finalmente a cominciare a sorridere, quelle parole pronunciate dalla donna che lo stava accompagnando all'altare: "figlio mio" le avevano fatto bene al cuore.

Capitolo 30

L'attesa e la sposa

La marcia di René verso l'altare, accompagnato da Lucia, era trascorsa stranamente in fretta, realizzò il Primario mentre consumava veloce una sigaretta, in attesa della sposa.

Sarebbe stato più che giusto fare attendere un po' più del dovuto lo sposo davanti all'altare, in tutti i matrimoni funziona così del resto, ma adesso quell'attesa sembrava dovesse protrarsi ancora, la mongolfiera era ancora distante e forse avevano anticipato troppo i tempi, realizzò il Primario.

La voce del maggiore O'Connor lo colse di sorpresa:

«Poche cose Professore e aggiungo: in pochi secondi»

Il nostro Presidente la vuole vedere morto, è questa la sorpresa cui faceva riferimento, non si preoccupi però, intende morto in senso virtuale, capirà tutto più tardi, è tutto pianificato nei minimi dettagli, Soledad, o meglio, Anita, come ha deciso di ribattezzarla per l'adozione, è stata prelevata e trasferita in una località segreta, oltre i confini del Perù.

Se riusciremo a salvarle la vita forse tra meno di un anno si sarà tutto risolto»

«Viceversa O'Connor?»

«Viceversa, Professore, ogni discorso è superfluo, buona fortuna, ha indossato la tuta antiproiettile?»

«Assolutamente no»

«Vorrà dire che ne faremo a meno.

A dopo Professore e si ricordi, subito dopo il solista delle Frecce Tricolori, soltanto allora darò luce verde, questo lo sappiamo soltanto io e lei»

«Dopo il solista, Maggiore.

Grazie di tutto»

Il medico non sapeva che fare del mozzicone, non se la sentiva di gettarlo a terra, quindi decise di guardarsi intorno per trovare una soluzione al problema.

Il Capitano Antonio Del Santo prese di mano la sua

cicca rapidamente:

«Diciamo che questa la mettiamo nel mio pacchetto Professore»

Mastri lo guardò perplesso, era apparso all'improvviso come tutti gli altri, c'erano proprio tutti.

Si erano disposti a mezza luna intorno a lui e Lucia gli si avvicinò per prima:

«Cerca di stare tranquillo Errico, René è stato avvertito del ritardo e si sta godendo la compagnia di Massimo, il fratello di Azzurra, figurati che è più emozionato di lui.

Devo dirti due cose soltanto: la prima riguarda la lettera che mi hai fatto recapitare»

Lucia alludeva alla lettera del divorzio, che strappò decisa davanti al medico in almeno sei parti, per poi riporla elegantemente nel taschino dello smoking del Professore:

«Questa considerala pure come restituita al mittente,

incluso il villaggio turistico in Costa Smeralda del quale neanche sapevo l'esistenza e dove un giorno devi promettermi mi porterai.

Nel frattempo pare non abbia alcuna altra scelta se non rassegnarmi nell'aspettare il tuo ritorno.

Resterò in Fortezza di Campagna, Susanna avrà bisogno di assistenza subito dopo il parto.

La seconda amore mio grande: Azzurra sta arrivando e noi donne ci siamo rese conto che nonostante tutta la perfetta pianificazione che pensavano di aver realizzato ci è sfuggito un piccolo particolare: la sposa non ha il bouquet!

Ripeto, la cosa ci è sfuggita purtroppo, e magari è proprio colpa mia, di nuovo, a causa di quelle stronzate che mi sono passate per la testa e che poi hanno contagiato tutte le altre.

Che dirti amore? Mi dispiace!

Non so come aver pensato quelle cose terribili su di te, ti prego di credermi e per le altre è la stessa identica cosa.

Ho deciso di essere io a parlarti, loro non se la sentivano proprio, le loro anime traboccano di vergogna e non sono riuscite a trovare il coraggio di scusarsi con te, ma io ti conosco, amore mio, e so perfettamente che cosa hai provato e cosa stai provando, riesci a credermi?»

«Ti credo Lucia, ma oggi tu e le altre avete veramente superato ogni limite, soprattutto tu, aggiungo»

Del Santo porse la sua mezza sigaretta al Professore che dopo due tiri nervosi decise di abbracciare Lucia, trovando la forza di sussurrarle all'orecchio:

«Stasera se non sarò ucciso davanti a tutti mi toccherà sparire nel nulla, soltanto così sarete finalmente liberi da ogni minaccia, dicono che mi porteranno oltre i confini del Perù, in una località segreta, dove finalmente potrò abbracciare nostra figlia Soledad, che ho deciso di ribattezzare Anita»

«Anita è un nome bellissimo per nostra figlia amore

mio»

La commozione sincera di entrambi risultò contagiosa per chi stava osservando, donne e uomini, nessuno escluso.

Si distanziarono dopo qualche bellissimo secondo.

Lucia:

«Mi porti con te Errico? Dalla nostra Anita?»

«Non posso Lucia»

Rispose sussurrante e rassegnato il Mastri a denti stretti.

Lei decise di baciarlo e lui ricambiò risollevato nel liberarsi di tutto quel peso che gli opprimeva l'anima.

Lucia:

«Ognuno di noi ha un fiore che ti sarà consegnato adesso Errico, raccoglili, sarà questo il mazzolino per Azzurra, vedi?

Sta arrivando!

Dobbiamo fare in fretta»

A uno ad uno, amici e amiche porsero il proprio fiore

al Primario, mentre veniva offerto da ciascuno veniva scandito un semplice:

« Grazie di tutto Professore »

Le donne dell'inquisizione aggiunsero tutte ciascuna soltanto un modesto e mesto:

« Spero riuscirà a scusarmi Professore »

Lui riuscì a rassicurare tutti e tutte una volta raccolto l'ultimo omaggio, un piccolo quadrifoglio ricevuto dal suo amico Carlo, così decise di togliersi il suo papillon per usarlo come nastro a raccogliere l'improvvisato bouquet.

«Nessuno di voi ci crederà, ma questa ritengo sia una delle emozioni più intense che la vita mi abbia regalato sino ad oggi.

Mi sento di dirvi soltanto grazie, vorrei potervi

329

abbracciare tutti ma purtroppo non sono esattamente Mister Fantastic, quindi vi dovrete accontentare di qualcosa di simile ma che sebbene simbolico e mentale spero altrettanto autentico»

Nel frattempo una specie di bengala di colore rosso si alzò in cielo accompagnato da un fragoroso tuono di cannone, formando un fuoco d'artificio a forma di cuore rosso.

Quello era il segnale.

La mongolfiera della sposa stava perdendo quota lentamente, mentre stava atterrando.

Gli amici si diressero verso l'altare mentre il Professore si avviava col suo improvvisato mazzolino di fiori verso la piazzola dove sarebbe atterrata Azzurra.

Ora le luci si erano spente dappertutto, i riflettori montati sul tetto presero a illuminare il cielo nero, erano le sole luci oltre alle candele dell'altare, l'aerostato luminoso celeste dalle stelle bianche stava per discendere, Doc e Duccio, le due Drag Queens avevano occupato posto sul palco e il silenzio era divenuto religioso.

Con estrema leggiadria la mongolfiera si posò a terra, Gargiulo se ne stava rannicchiato per nascondersi alla vista e Azzurra uscì dalla cesta di vimini splendida e sorridente più di sempre.

Uno dei riflettori la catturò per non lasciarla mai più mentre Mastri le si faceva incontro, porgendole il bouquet stretto dal suo papillon.

«Sei la più bella del mondo Azzurra, vorrei avere l'onore di condurti da mio figlio, te la senti?»

«È veramente un onore, Professore, ma soltanto se prima non avrà accettato le mie incondizionate scuse, lei se la sente di poter aderire?»

I due si abbracciarono stretti per un attimo, soltanto per confermarsi un intimo sì, reciproco quanto sbrigativo, poi il medico le porse il braccio che lei afferrò con la destra, mentre la sinistra stringeva il suo improvvisato bouquet e una musica aveva finalmente iniziato a diffondersi.

Quel vecchio brano di Rod Stewart, dal titolo *"This old heart of mine"* tanto amato dal Professor Mastri, coinvolse da subito tutto e tutti.

Leroy J.Matt e Gualtiero la stavano cantando sul palco in modo più che degno rispetto alla versione originale, quella preferita dal medico, dove ad interpretarla erano Rod Stewart e Ronald Isley.

Azzurra era radiosa mentre si avvicinava lentamente all'altare, ma poi all'improvvisò, si fermò.

L'assolo di sax di quella canzone era eseguito da un uomo che suonava dal prato dell'hotel, la band era sul palco mentre lui, l'esecutore stava suonando per lei e per tutti vicino all'altare e sul prato, non era sul palco infatti e anzi, quel musicista adesso era diretto incontro alla sposa e al Professore che adesso si erano fermati del tutto.

Azzurra riuscì a riconoscere l'uomo al sax, si trattava

di suo fratello Massimo, ma come poteva trovarsi lì?

Una lacrima felice le attraversò la guancia e un rapido sguardo investì il Primario che le lasciò un sorriso soddisfatto e compiaciuto.

Erano immersi in quella musica e man mano che procedevano verso l'altare, gli obici dei marines presero a far fuoco uno dopo l'altro durante l'incedere dei due, proiettando in alto nel cielo nero esplosioni di grandi fuochi artificiali gialli e azzurri, ai lati i militari facevano festa fino a metà percorso, fino a quando i due attraversarono il ponte di spade incrociate dei marines in alta uniforme, più prossimi alla méta.

René stava aspettando davanti all'altare, illuminato da sei grandi ceri.

Ai lati dell'officiante, l'Arcivescovo Braccialini, erano schierate a destra e a sinistra dello stesso le guardie svizzere dalle divise in arancione, blu e rosso, con le loro alabarde protese in avanti, alle loro spalle, più in alto, spiccavano imponenti le sagome dei

Corazzieri della Repubblica inviati dal Quirinale, con le sciabole sguainate in "presentatarm".

Prima di arrivare all'altare sbucò dal pubblico a destra un bambino.

Reggeva un piccolo cuscino di velluto, sul quale erano posate due fedi nuziali legate da piccoli nastri di colore azzurro, il piccolo Gianni era accompagnato passo dopo passo da un cane, nero e gigantesco, guarnito da un bel fiocco di colore celeste intorno al collo.

Ora quel cagnolone si era sistemato seduto e composto di lato, proprio accanto all'altare, dopo che il bimbo vi ebbe posato al centro il piccolo cuscino con gli anelli nuziali.

La sposa esitò un attimo non appena avvistata sua zia Ines, quindi si fermò di nuovo durante il percorso per andare ad abbracciarla stretta almeno per qualche attimo, prima di ricongiungersi al Professore.

Ancora pochi passi e sarebbe giunta lì, proprio dove

aveva sperato di poter arrivare per tutta la vita, prima
però trovò il tempo per accarezzare suo fratello che
aveva smesso il suo assolo e che nel frattempo le si
era avvicinato, poi lasciò il braccio del Professore che
guardò per bene negli occhi:
«Grazie Errico»
Lui decise di asciugare le lacrime di lei con una rapida
mossa di fazzoletto, quindi la baciò sulle guance,
sussurrando:
«Grazie a te Azzurra, vi auguro ogni bene»
Quindi afferrò le mani di entrambi gli sposi e le unì,
lasciandoli soli.

Davanti all'altare.

Capitolo 31

Fiori d'arancio senza profumo

Il falso Commissario e sedicente Dottor Cesare Alessandrini non avrebbe perso di vista il Primario per tutto il tempo, durante la cerimonia, aveva ordinato a due dei loro uomini di restare ciascuno a lato degli sposi, gli altri due avrebbe atteso in terrazza.

Il suo piano era semplice e ben pianificato in ogni singolo dettaglio: non appena il Vescovo officiante avrebbe terminato la funzione religiosa, il Professor Mastri sarebbe apparso in alto e dalla stessa terrazza per salutare tutti, prima di sparire.

A quel punto si sarebbe scatenato un applauso generale accompagnato dalla musica e il falso commissario si sarebbe trovato alle spalle del medico, pronto a far fuoco, gli altri due appostati dietro di lui avrebbero avuto la funzione di coprirgli le spalle.

Il terzo e il quarto della scorta si sarebbero avvicinati

agli sposi durante la ressa, soltanto una volta intenti nel dispensare e ricevere baci e abbracci con tanto di auguri e felicitazioni sarebbero stati pronti a colpire.

In mezzo a tutta quella confusione avrebbero accoltellato a morte sia René che Azzurra, per poi dileguarsi durante il panico che si sarebbe generato immediatamente, alcuni colpi d'arma da fuoco esplosi dalla terrazza sarebbero stati utili allo scopo.

Una volta giustiziato il Professore, i cinque si sarebbero poi dileguati via mare, raggiungendo la spiaggetta subito sotto l'hotel, dove un gommone veloce li avrebbe condotti al motoscafo di altura in attesa al largo che li avrebbe presi a bordo e condotti lontano e al sicuro.

Quel gommone sarebbe stato pilotato dallo stesso Descargator che si era fatto consegnare lo zaino dal Professor Mastri quel pomeriggio stesso, minacciando con il suo machete di tagliare la testa al piccolo Gianni, sotto gli occhi del padre Luca e del Capitano

Del Santo.

Il plotone dei dodici Corazzieri inviati dal Quirinale era comandato dal Capitano Aristide Rezoagli, lo stesso che aveva scortato la giornalista Lucilla Loggia all'interno della Chiesa di Santa Marta.

Lui e gli altri undici non erano lì soltanto per arricchire la coreografia, tantomeno le dieci Guardie Svizzere Vaticane inviate dal Pontefice.

Subito dopo la consegna dei supporti di memoria avvenuta in quella stessa Chiesa infatti, il Santo Padre e il Presidente della Repubblica si ritirarono in sacrestia, appena dietro l'altare maggiore, oltre alle due eccellenze erano presenti lo stesso capitano Rezoagli e il comandante delle Guardie Svizzere Vaticane il dottor Alfredo Amedeo Saller.

Il primo a parlare fu il Pontefice:

«Dovrete fare in modo di essere i nostri occhi e le nostre orecchie, ma soprattutto dovrete garantire la sicurezza della nostra gente, a giugno ho promesso un

incontro con loro a San Pietro e ci terrei tanto a rivederli tutti, nessuno escluso»

Il comandante delle guardie svizzere scattò sull'attenti per poi inchinarsi e una volta ricevuta la benedizione del Santo Padre, si congedò da tutti.

Poi fu il turno del Capo di Stato:

«Capitano Rezoagli, rinnovo le mie preoccupazioni e le altrettante raccomandazioni, stringetevi a manipolo se necessario, ma non consentite ad alcuno di poter aggredire gli sposi, questa è la mia disposizione prioritaria ed assolutamente insindacabile, lo prenda come un ordine imperativo e perentorio.

All'incolumità del Professor Mastri penseranno gli Americani.

Durante il tragitto prima di giungere in questa Chiesa mi ha contattato personalmente il Presidente degli Stati Uniti d'America.

Il mondo intero ci sta guardando Capitano e a lei

339

spetta che per la nostra Patria trionfi valore, efficienza e spirito di sacrificio.

Aggiungo ad ogni costo, Capitano»

Il Capitano scattò sull'attenti:

«Anche a costo di incontrare la morte Signor Presidente»

Quindi salutò militarmente il Capo di Stato e il Santo Padre, per poi inginocchiarsi a ricevere la sua benedizione, che puntualmente avvenne.

Dalla sacrestia si avvertiva adesso il rumore delle pale degli elicotteri appena atterrati sul sagrato davanti alla chiesa, pronti a trasportare sull'isola a tempo di record Guardie Svizzere e Corazzieri così come infatti accadde.

La messa nuziale ebbe fine e l'esplosione di un grande applauso generale sconvolse tutto e tutti ma prima che partisse la musica un fuori programma fece alzare gli occhi della folla verso l'alto.

Cinque squadroni di elicotteri da combattimento

statunitensi stavano sorvolando lenti la zona della cerimonia, il rumore era veramente assordante e riusciva a far vibrare corpi e anime, una nuvola di coriandoli si precipitò su tutti al passaggio degli ultimi velivoli.

Subito dopo cominciarono gli abbracci agli sposi da parte degli invitati e del pubblico e di nuovo gli obici dei marines presero a proiettare in alto fuochi d'artificio.

I due sicari erano in agguato, approfittarono del turno dei militari statunitensi che si alternavano in abbracci sinceri e chiassosi con i due giovani sposi, bastò un cenno reciproco e gli assassini decisero di agire in contemporanea.

Ciascuno dei due estrasse un lungo stiletto dalla manica della giacca e così si avvicinarono ai ragazzi.

Non si perdevano di vista, dovevano essere il più simultanei possibile per poi approfittare del caos e dileguarsi, sembravano essere perfettamente sincronizzati, il primo stava per abbracciare René e fece appena in tempo ad alzare il braccio per infliggere il colpo letale.

Il Capitano Rezoagli si fece immediatamente largo tra la folla e con un verticale fendente devastante di sciabola tranciò di netto l'avambraccio destro armato di pugnale, la punta della lancia di Alfredo Amedeo Saller, il comandante delle Guardie Svizzere fece il resto, conficcandosi dietro la nuca del malcapitato per riemergere dalla bocca dell'assassino che stramazzò a terra paralizzato e morto sul colpo.

Il secondo sicario aveva raggiunto e stava per abbracciare Azzurra, per pugnalarla al fianco, dal basso in alto, ed era pronto a farlo, ma fu preso da una morsa d'acciaio che gli aveva immobilizzato il polso.

Lapo Fioravanti detto Kandinsky lo aveva afferrato e ritorto stritolando con tale forza violenta che realizzò di aver rotto l'arto irrimediabilmente nell'avvertire un rumore rapido, inquietante e secco, simile ad uno schiocco, come quando si calpesta violentemente una cassetta di legno, di quelle per gli ortaggi.

Gli occhi di Azzurra fissavano il suo assalitore troppo da vicino e lei non sorrise quando esplose due colpi con la sua Derringer estratta dalla giarrettiera che colpirono il sicario sotto il mento per poi uscire uno dopo l'altro dalla nuca.

«Vaffanculo stronzo!»

Fu soltanto quello che riuscì a pronunciare la sposa bionda.

Dalla terrazza partirono i primi colpi di arma da fuoco e adesso gli sguardi di tutti si erano rivolti in quella direzione.

Il Professor Mastri aveva appena raggiunto il lastrico solare per avvicinarsi alla balaustra e non appena prossimo al piedistallo Francesco dette ordine di spegnere ogni luce e subito tutto intorno diventò nero e buio.

Mastri indossò rapidamente il cappuccio una volta

rannicchiato a terra nell'angolo e subito dopo due proiettori già predisposti allo scopo illuminarono la piattaforma tecnologica.

L'ologramma del professore Errico Franco Mastri prese a salutare il pubblico e alla sua vista tutti quanti là sotto parvero impazzire.

Il medico stava salutando compiendo ampi gesti con le braccia verso la piccola folla più in basso, mentre il falso commissario Cesare Alessandrini alias Dimitri Assek stava avvitando il silenziatore alla sua pistola, avvicinandosi lentamente, deciso e minaccioso diretto alle spalle del suo bersaglio.

Un sibilo proveniente da lontano però catturò subito l'interesse di tutti quanti.

Nove aerei Aermacchi MB-339 delle Frecce Tricolori in volo notturno e radente stavano sorvolando, rasentandola a bassissima quota la zona della cerimonia a velocità folle, il rumore fu di nuovo assordante, assai più di quello causato dalla parata degli elicotteri da combattimento di poco prima.

I fumogeni di colore bianco, rosso e verde avevano circondato tutto quanto intorno e si stavano disperdendo tra il pubblico.

Qualche secondo dopo il solista delle Frecce realizzò un volo in picchiata verticale verso il Professore per poi riprendere quota e rialzarsi una volta superato il medico per poi scomparire lontano in cielo nel buio più alto, rilasciando un getto di fumogeno rosso.

Quello era il segnale.

I due cecchini Seal appostati in alto, tra le torri dei diffusori del palco fecero fuoco simultaneamente e le teste dei due sicari alle spalle di Dimitri Assek, figlio di Vladimir detto Vlado, scoppiarono devastate dai colpi.

Lui invece, il loro capo, sparò verso la nuca del Professore, uno, due, tre, quattro colpi ma l'uomo non cadeva, fu allora che decise di avvicinarsi, esplodendone altri, ora era talmente vicino che il suo silenziatore aveva attraversato, penetrando la testa dell'immagine proiettata in 3D, del Mastri, che cominciò a sfrigolare di pallide scariche elettriche visto che il tempo programmato per il funzionamento stava scadendo.

Il Professore si era rialzato ma non riuscì ad immobilizzare Assek, questi infatti appena resosi conto del fallimento dell'aggressione si era subito divincolato dalla presa e si era diretto di corsa verso il retro dell'hotel e poi giù in basso per raggiungere la spiaggetta, nella disperata ricerca di una via di fuga.

Appena raggiunto il mare cercò di mettere a fuoco quanto aveva intorno nel tentativo di individuare la sagoma del gommone, con a bordo il Descargator sdentato che avrebbe dovuto pilotarlo, riuscì a intravedere qualcosa soltanto dopo qualche lungo secondo.

L'imbarcazione distava circa una ventina di metri, con la prua adagiata sulla riva fatta di ciottoli.

Strano. realizzò il sicario, la posizione era diametralmente invertita rispetto a quanto previsto, la fuga sarebbe dovuta avvenire il più velocemente possibile e avrebbero perso inutilmente del tempo prezioso nel girare l'imbarcazione di centottanta gradi per poi prendere il largo.

Mentre si stava avvicinando al gommone tentando di metterne a fuoco chi si dovesse trovare a bordo notò che era deserto.

Ora si era fermato vicino alla barca, giusto il tempo per realizzare finalmente e bene che all'interno del natante non era presente l'uomo alla guida.

Il suo telefonino prese a squillare, Ricardo Torres Benetti era evidentemente ansioso di avere conferma circa l'esito della missione.

Decise di non rispondere, quando una voce lo sorprese.

Proveniva dal buio e alla sua destra da dietro i cespugli:

«Cercavi forse questa razza di bastardo?»

Era la voce del dottor Luca Joseph Bernardeschi Leavemore.

Una testa mozzata fu lanciata e rotolando sui ciottoli della spiaggetta si fermò vicina sul piede destro di Assek.

Era quella del membro dei Descargatores che quel pomeriggio aveva minacciato di decapitare il figlio di Luca, il piccolo Gianni.

«Chi la fa l'aspetti!»

Continuò ironica la voce proveniente dal buio.

Assek prese a sparare alla cieca verso quel suono fino a svuotare il caricatore.

Adesso aveva il terrore negli occhi, la stessa espressione di quelli appartenenti alla testa mozzata, aperti, fissi e stralunati, quasi fuori dalle orbite.

La sua fine fu identica a quella del padre, orribile quanto estremamente rapida.

Un corpo in movimento si avventò contro di lui, che si

accorse a malapena di quel repentino spostamento d'aria, quasi avesse percepito quell'ultimo vento come il nero alito di una morte annunciata.

La mannaia lo colse in fronte con tale violenza che la testa gli si aprì fino al mento restando divaricata quasi fosse stata recisa da una precisa motosega industriale.

Luca Joseph Bernardeschi Leavemore che dopo aver sputato addosso alla vittima, frugò nelle sue tasche, afferrò il cellulare della vittima, selezionò la chiamata appena ricevuta e non risposta.

Al Seal sfuggì un sorriso, quindi scattò una foto ad Assek badando bene di inquadrare anche la testa mozzata del Descargator e la inviò subito al medesimo recapito poco prima rievocato, quindi decise di comporre quel numero e consegnò il cellulare al Capitano Del Santo, spuntato fuori dalla siepe dove si era appostato.

«Torres! Sei tu Assek?»

Il carabiniere rispose beffardo e tranquillo:

349

«Carabinieri bastardo!

Hai esaurito i parenti dello slavo o ne è rimasto ancora qualcuno per caso?

Magari guardati la foto che hai ricevuto coglione!

Ricorda che la prossima volta sarà il tuo turno, poi toccherà a quel finocchio di tuo fratello e per finire a quella puttana sifilitica che ti fa da schiava.

Vaffanculo Rosso!»

Quindi lanciò il telefono lontano nel mare nero, fino ad attenderne il magico "pluff", si accese una sigaretta e si rivolse a Luca:

«Certo che sei veramente permaloso ragazzo, devi darti una regolata, prendi le cose un po' troppo sul serio non credi?»

Gli altri si erano fatti vicini al luogo dello scontro, c'erano proprio tutti, tranne Gualtiero e Susanna.

Il primo doveva cantare dell'addio al Professore, la seconda era stata diffidata dal compagno carabiniere, visto che non avrebbe assistito a un bello spettacolo.

Gemma Remedi Banti corse incontro a Luca, completamente schizzato di sangue sull'abito da cerimonia e su mani e volto.

Il suo uomo aveva gli occhi persi nel vuoto e la sua donna conosceva perfettamente quel tipo di espressione, così lei lo strinse a sé in un abbraccio, imbrattandosi a sua volta il suo bel vestito di sangue.

Luca farfugliò qualcosa:

«La testa per terra è di quel killer messicano, uno dei Descargatores che voleva tagliare quella del nostro piccolo Gianni questo pomeriggio, l'altro è il sicario che doveva uccidere Errico.

Ho sete Gemma, e un gran mal di testa!»

Gemma piangeva tenendosi adesso stretta in grembo la testa di Luca ed era terrorizzata, temeva che lui fosse rimasto di nuovo vittima di uno dei suoi shock post bellici dagli effetti psicologici devastanti, ma fortunatamente si dovette ricredere subito.

Il Dottor Luca Bernardeschi infatti si discostò

351

lentamente dalla sua donna che poi accarezzò dolcemente alla guancia, quindi allungò la mano verso la mannaia affondata nella testa di Assek per brandirne l'impugnatura estraendola del tutto:

«Scusa amore mio ma questa la devo riportare all'Ernestina»

Lei lo baciò a lungo poi fu il turno degli sposi, e ancora degli altri, Francesco, Del Santo, Euridice, la contessina Virginia Paoli Lucifero, Kandinsky e infine del piccolo Gianni.

Lucia se ne stava da sola in disparte, stava guardando in alto, i suoi occhi erano puntati verso un elicottero che si stava allontanando lontano, in alto e nel buio.

Era quello che le stava portando via Errico.

Forse per sempre.

Azzurra era appena arrivata e anche il suo bell'abito bianco era macchiato di sangue non suo, finì la sua corsa abbracciandola stretta e le altre fecero altrettanto e tutte quante stavano piangendo.

Gualtiero aveva appena iniziato a cantare la canzone che aveva scritto insieme a René per il loro intimo e sincero addio al Primario.

Non appena le prime note cantate cominciarono a diffondersi tutti quanti ne furono rapiti e decisero di ascoltare tenendosi stretti per mano quasi a formare una catena, in silenzio e ad occhi chiusi.

G. Sound - Tu in Perù

Intanto un grosso cane nero ululava potente a una luna tonda, lontana, sbiadita e triste che sembrava piangere anch'essa il Professore e a quei suoi …

Fiori d'arancio senza profumo.

INDICE

Contenuti:

I brani musicali contenuti all'interno di questo romanzo realizzati dall'autore a nome G. Sound sono facilmente reperibili sulle varie piattaforme musicali digitali e su YouTube:

- Na Hora de Paraiso - G.Sound
- È viva Gesù - G.Sound
- Soledad - G.Sound
- Tu in Perù - G.Sound

Anche il podcast di "AAA" sarà presto pubblicato.

Finito di stampare ottobre 2022

Prezzo di copertina euro 19,90